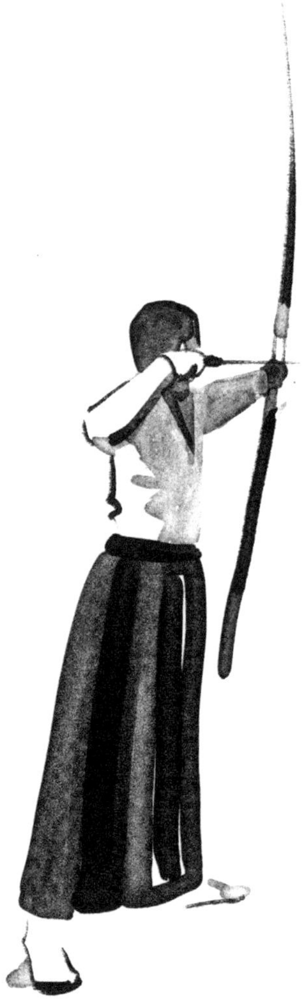

La Voie
de l'archer

DU MÊME AUTEUR

L'Alchimiste, Éditions Anne Carrière, 1994.
Sur le bord de la rivière Piedra je me suis assise et j'ai pleuré,
   Éditions Anne Carrière, 1995.
Le Pèlerin de Compostelle, Éditions Anne Carrière, 1996.
La Cinquième Montagne, Éditions Anne Carrière, 1998.
Manuel du guerrier de la lumière, Éditions Anne Carrière, 1998.
Conversations avec Paulo Coelho, Éditions Anne Carrière, 1999.
Le Démon et mademoiselle Prym, Éditions Anne Carrière, 2001.
Onze minutes, Éditions Anne Carrière, 2003.
Maktub, Éditions Anne Carrière, 2004.
Le Zahir, Flammarion, 2005.
Comme le fleuve qui coule : récits 1998-2005, Flammarion, 2006.
Veronika décide de mourir, Flammarion, 2007.
La Sorcière de Portobello, Flammarion, 2007.
La Solitude du vainqueur, Flammarion, 2009.
Brida, Flammarion, 2010.
Aleph, Flammarion, 2011.
Le Manuscrit retrouvé, Flammarion, 2013.
Amour : citations choisies, Flammarion, 2013.
Adultère, Flammarion, 2014.
Et le septième jour : trilogie, J'ai lu, 2014.
L'Espionne, Flammarion, 2016.
L'Alchimiste, Flammarion, 2017 (nouvelle édition illustrée).
Hippie, Flammarion, 2018.

Paulo Coelho

La Voie
de l'archer

Illustrations de Christoph Niemann
Traduit du portugais (Brésil) par Élodie Dupau

Flammarion

Titre original : *O Caminho do arco*
© Paulo Coelho, 2003.
Édition publiée en accord avec Sant Jordi Asociados Agencia Literaria
S.L.U., Barcelone, Espagne.
www.santjordi-asociados.com
Tous droits réservés.
http://paulocoelhoblog.com
Pour la couverture et les illustrations :
© Christoph Niemann. © Diogenes Verlag AG Zürich, 2017.
Pour la traduction française :
© Flammarion, 2019.
ISBN : 978-2-0814-9446-6

*À Leonardo Oiticica, qui,
un matin, en me voyant pratiquer
le kyudo à Saint-Matin,
m'a donné l'idée de ce livre.*

Ô Marie conçue sans péché,
priez pour nous qui avons recours à Vous.
Amen.

« Une prière sans acte est comme une flèche sans arc ;

Un acte sans prière est comme un arc sans flèche. »

Ella WHEELER WILCOX

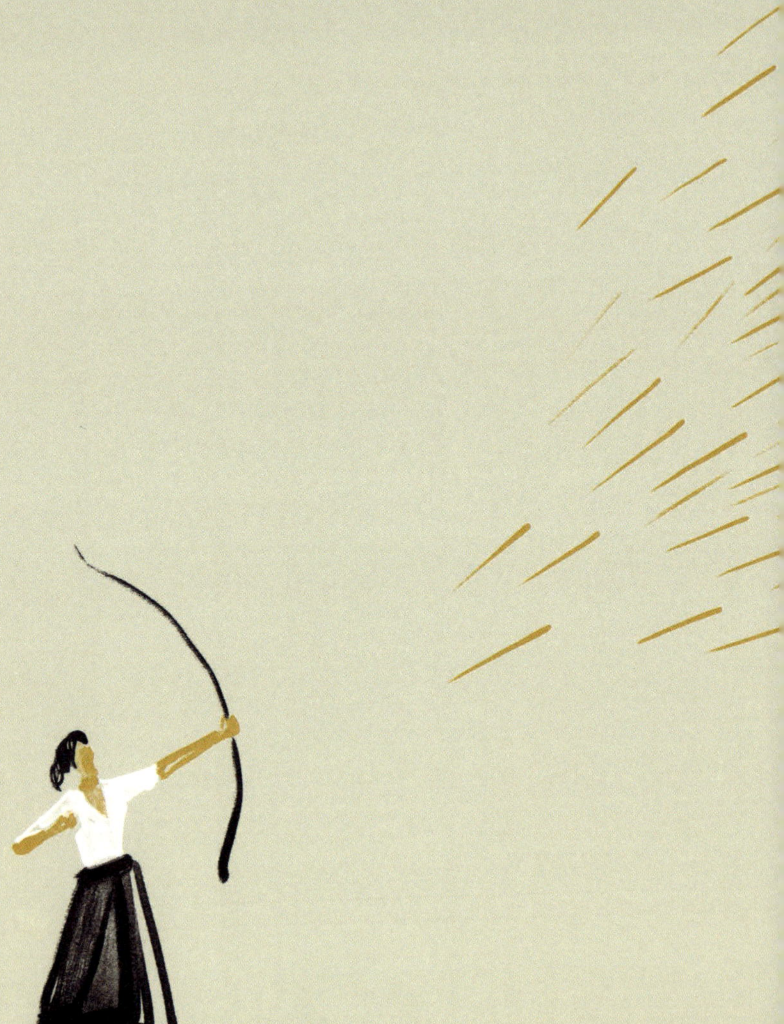

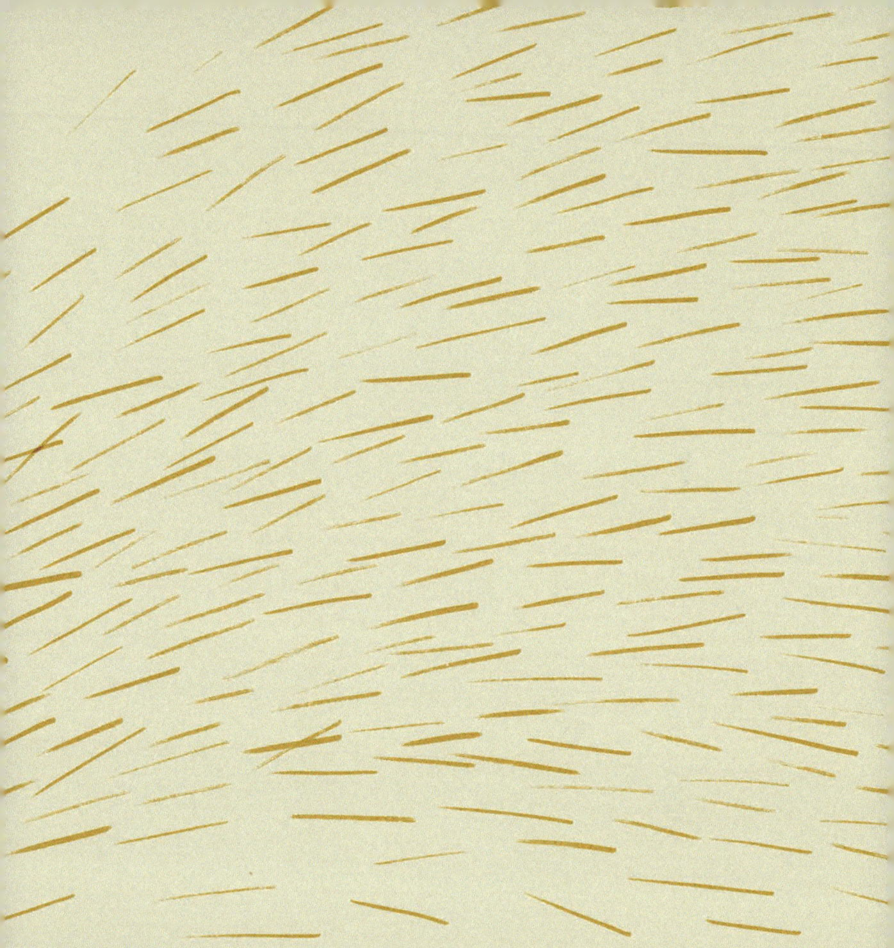

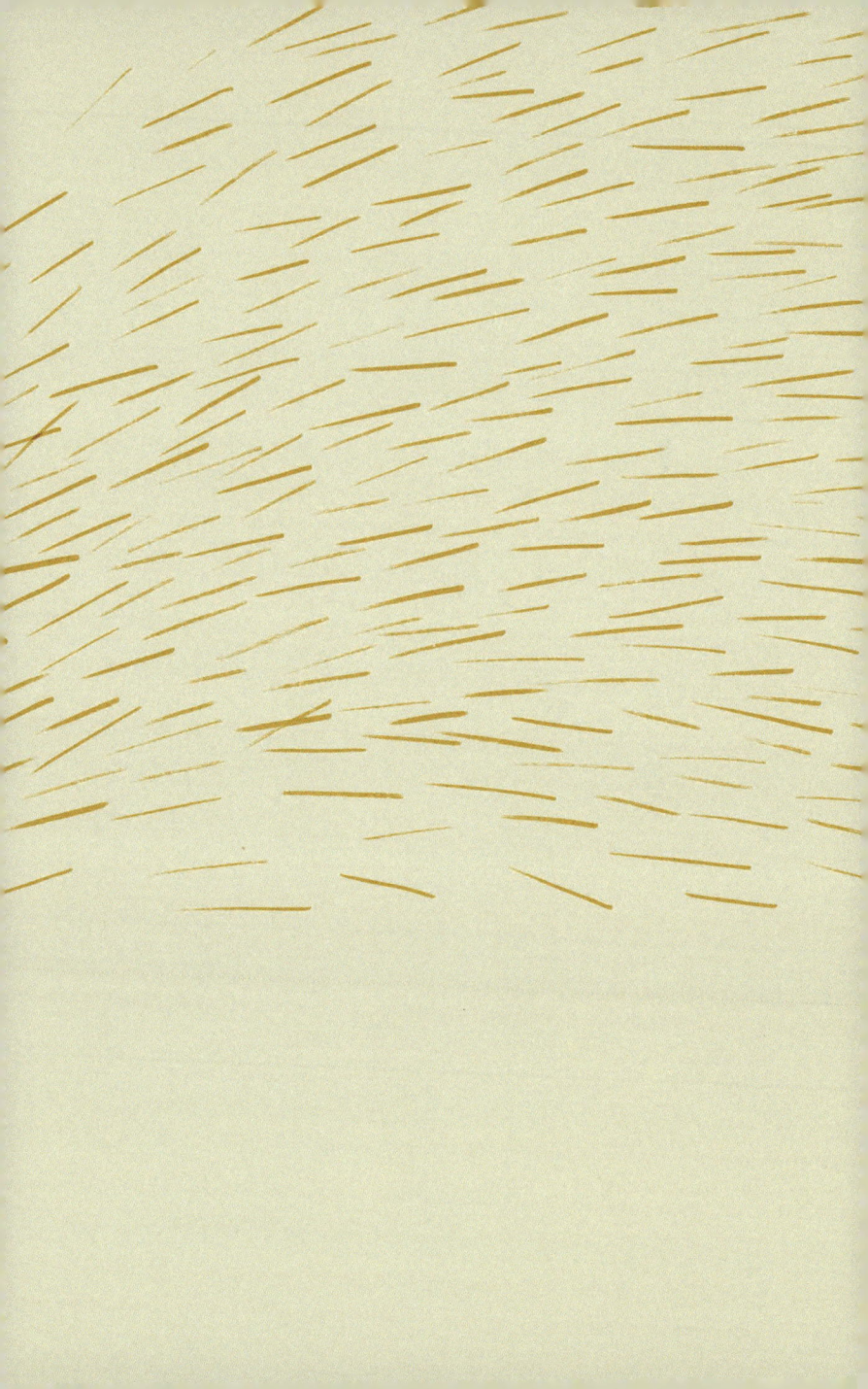

Prologue

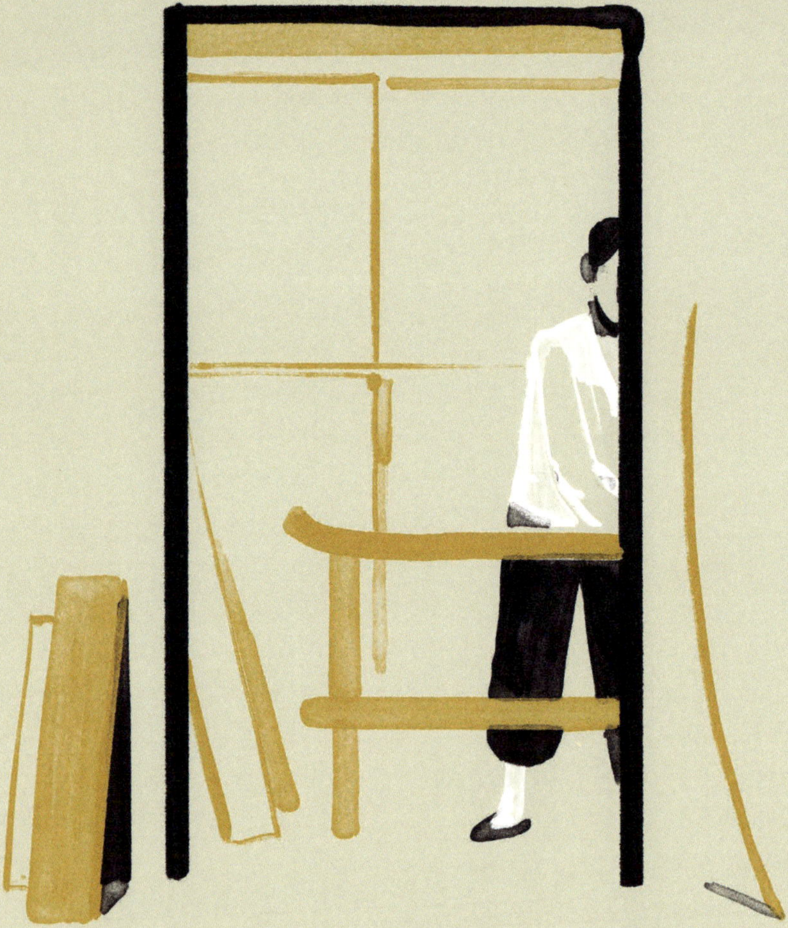

« Tetsuya. »

Le garçon regarda l'étranger, interloqué.

« Personne ici n'a jamais vu Tetsuya avec un arc à la main, répondit-il. Tout le monde sait qu'il est charpentier.

— Il a peut-être renoncé ou baissé les bras, peu m'importe, insista l'étranger. Mais il ne peut être considéré comme le meilleur archer du pays s'il a délaissé son art. Et c'est pour ça que j'ai voyagé pendant des jours et des jours : pour le défier et mettre un point final à une réputation qu'il ne mérite plus. »

Le garçon comprit que discuter n'avancerait à rien : il valait mieux conduire cet homme chez le charpentier, afin qu'il constate par lui-même qu'il faisait erreur.

Tetsuya travaillait dans l'atelier situé à l'arrière de sa maison. Il se retourna pour voir qui arrivait, et son sourire se figea lorsque son regard s'arrêta sur le long étui que portait l'étranger.

« C'est bien ce que vous pensez, dit le nouveau venu. Mais je n'ai pas fait tout ce chemin pour humilier ou provoquer l'homme qui est devenu une légende. Je voudrais juste prouver qu'au terme de tant d'années de pratique, j'ai atteint la perfection. »

Tetsuya fit mine de retourner à son ouvrage: il achevait de fixer les pieds d'une table.

«Un homme qui fut un exemple pour toute une génération ne peut disparaître comme vous l'avez fait, continua l'étranger. J'ai suivi vos enseignements, je me suis efforcé de respecter la voie de l'archer, je mérite votre reconnaissance.

«Si vous me regardez tirer, je m'en irai et ne révélerai à personne où se cache le plus grand de tous les maîtres.»

L'étranger tira de son étui un long arc, fait de bambou verni, à la poignée légèrement décentrée. Il salua Tetsuya d'une révérence, alla jusqu'au jardin, puis s'inclina de nouveau pour saluer un point précis au loin. Il sortit ensuite de son carquois une flèche ornée de plumes d'aigle, écarta les pieds afin d'avoir un appui solide pour tirer, leva d'une main son arc à hauteur de son visage et y encocha la flèche de l'autre.

Le garçon contemplait la scène avec une joie mêlée de surprise. Tetsuya, quant à lui, avait interrompu son ouvrage pour regarder, curieux, l'étranger.

L'homme amena l'arc – pourvu de sa flèche – jusqu'au centre de sa poitrine. Puis il le leva au-dessus de sa tête et se mit, tout en l'abaissant, à l'armer.

Lorsque la flèche parvint à hauteur de son visage, l'arc était complètement bandé. Pendant un instant qui sembla durer une éternité, arc et archer demeurèrent immobiles. Le garçon cherchait des yeux la cible que pointait la flèche, en vain.

Tout à coup, la main de corde s'ouvrit, le bras accusa un recul, l'arc décrivit un tour gracieux dans l'autre main et la flèche disparut, avant de réapparaître au loin.

« Va la chercher », demanda Tetsuya.

Le garçon s'exécuta et revint avec la flèche : elle avait traversé une cerise qui se trouvait par terre, à quarante mètres de distance.

Tetsuya, à son tour, fit un salut à l'archer, puis il se dirigea vers un recoin de son atelier où il saisit une sorte de bois fin, aux courbes délicates, enveloppé dans une longue lanière de cuir. Il déroula le cuir sans la moindre hâte, jusqu'à dévoiler un arc identique à celui de l'étranger – à la différence près qu'il semblait avoir beaucoup plus servi.

« Je n'ai pas de flèches, j'aurai donc besoin de l'une des vôtres. Je ferai ce que vous me demandez, mais vous devrez respecter votre promesse : ne jamais révéler le nom du village où je vis.

« Si quelqu'un vous parle de moi, vous direz que vous êtes allé jusqu'au bout du monde pour me trouver, avant de découvrir que j'avais été mordu par un serpent et que j'étais mort deux jours plus tard. »

L'étranger hocha la tête, avant de lui tendre une flèche. Tetsuya appuya contre le mur l'une des extrémités du long arc de bambou et replaça, au terme d'un effort considérable, la corde. Ensuite, sans un mot, il prit la direction des montagnes.

L'étranger et le garçon lui emboîtèrent le pas. Ils marchèrent environ une heure, jusqu'à atteindre une gorge entre les rochers, où coulait un torrent puissant : on ne pouvait le traverser que par un pont de corde pourrie, qui menaçait de rompre à tout moment.

Avec grand calme Tetsuya alla jusqu'au milieu du pont qui balançait dangereusement, il adressa un salut à quelque chose de l'autre côté, arma son arc tout comme l'étranger l'avait fait, le leva, le ramena à hauteur de sa poitrine, et tira.

Le garçon et l'étranger virent alors que la flèche avait transpercé une pêche bien mûre, qui se trouvait à une vingtaine de mètres.

« Vous avez touché une cerise et moi une pêche, déclara Tetsuya en retrouvant la sécurité de la rive. La cerise est plus petite.

« Vous avez atteint votre cible qui se trouvait à quarante mètres de distance, contre la moitié pour la mienne. Donc vous êtes capable d'en faire autant. Allez au milieu du pont et tirez. »

L'étranger, terrifié, gagna le milieu du pont branlant, sans quitter des yeux le précipice qui se trouvait sous ses pieds. Il répéta les gestes rituels et tira vers le pêcher, mais la flèche passa largement à côté.

C'est le visage blême qu'il regagna la rive.

« Vous êtes habile, vous êtes digne, et vous avez une belle posture, déclara Tetsuya. Vous connaissez bien la technique et vous maîtrisez votre instrument, mais pas votre esprit.

« Vous savez tirer lorsque toutes les conditions sont favorables, mais si vous êtes en terrain périlleux, vous n'arrivez pas à atteindre votre cible. Or l'archer ne choisit pas toujours son champ de bataille, et c'est pourquoi il n'a de cesse de s'entraîner, de se préparer à des situations défavorables.

« Poursuivez sur la voie de l'archer, car c'est le parcours de toute une vie. Mais sachez qu'un tir correct et juste est bien différent d'un tir que l'on réalise l'âme en paix. »

L'étranger le salua d'une nouvelle et longue révérence, rangea son arc et ses flèches dans le carquois qu'il portait à l'épaule, et s'en alla.

Sur le chemin du retour, le garçon exultait.

« Vous l'avez humilié, Tetsuya ! Vous devez vraiment être le meilleur !

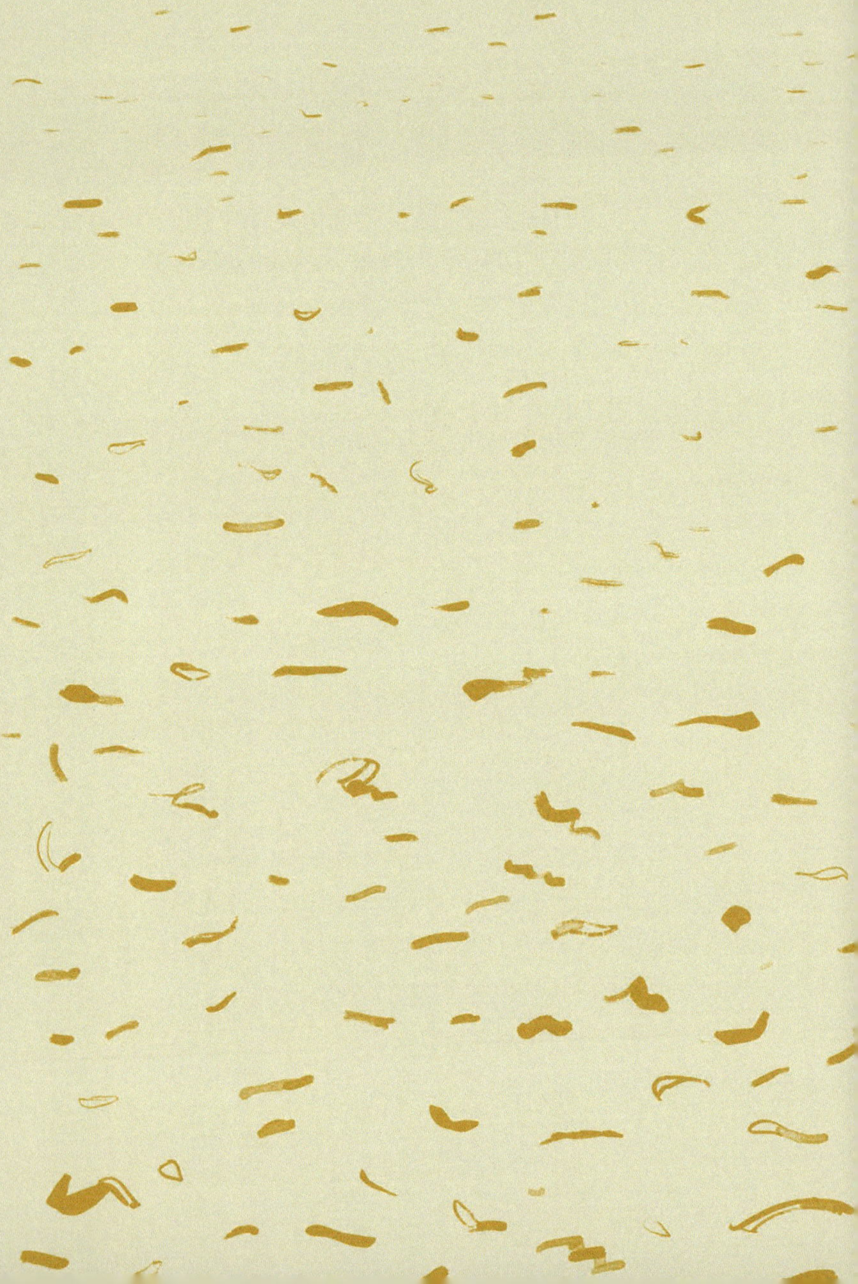

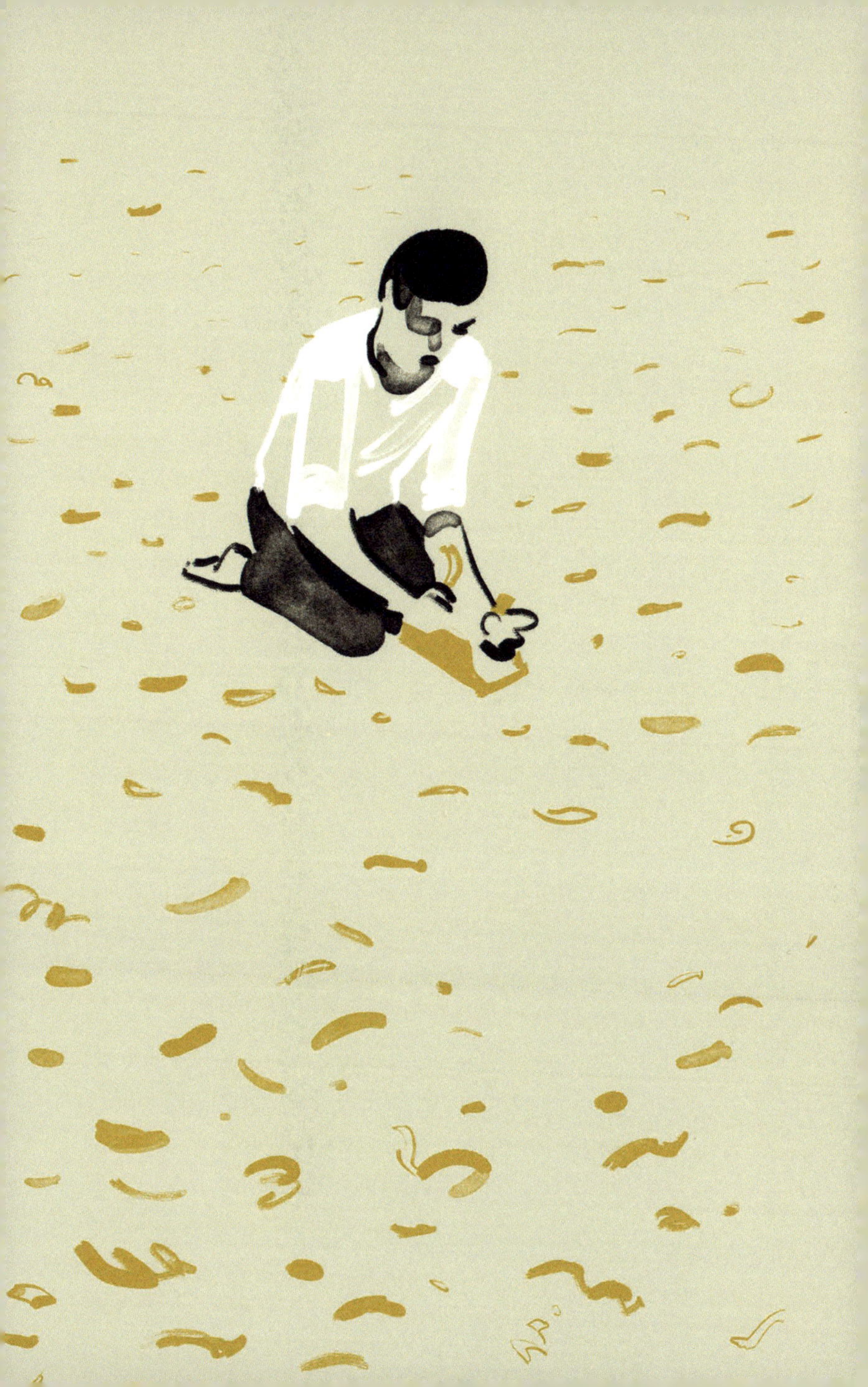

— Il ne faut pas juger les gens sans apprendre à les écouter et à les respecter auparavant. Cet étranger était un homme bon : il ne m'a pas humilié, il n'a pas tenté de prouver qu'il était le meilleur, même s'il donnait cette impression. Il voulait montrer son art et le voir reconnu, même s'il semblait vouloir me mettre au défi.

« En outre, affronter de temps à autre des épreuves inattendues fait partie de la voie de l'archer, et c'est justement ce qu'il m'a permis de faire aujourd'hui.

— Il m'a dit que vous étiez le meilleur de tous et moi je ne savais même pas que vous étiez un maître du tir à l'arc. Alors... pourquoi travaillez-vous comme charpentier ?

— Parce que la voie de l'archer est utile à tout dans la vie, et que mon rêve était de travailler le bois. D'ailleurs, un archer qui suit cette voie n'a besoin ni d'arc, ni de flèche, ni de cible.

— Il ne se passe jamais rien d'intéressant dans ce village et là, tout à coup, je me rends compte que je suis face à un maître d'un art oublié de tous, dit le garçon, les yeux brillants. Qu'est-ce que la voie de l'archer ? Vous pourriez me l'enseigner ?

— Enseigner n'est pas difficile. Je peux le faire en moins d'une heure, le temps de rentrer au village. Ce qui est difficile, c'est de s'entraîner tous les jours, jusqu'à atteindre la précision nécessaire. »

Le regard du garçon paraissait implorer une réponse positive. Tetsuya marcha en silence pendant près de quinze minutes ; lorsqu'il reprit la parole, sa voix semblait avoir rajeuni :

« Aujourd'hui je suis content : j'ai honoré l'homme qui, il y a de nombreuses années, m'a sauvé la vie. C'est pourquoi je te donnerai toutes les règles nécessaires, mais je ne pourrai rien faire de plus. Si tu comprends ce que je vais te raconter, tu pourras appliquer ces enseignements à tout ce que tu voudras.

« Il y a quelques minutes, tu as affirmé que j'étais un maître. Mais qu'est-ce qu'un maître ? Je vais te le dire : ce n'est pas celui qui enseigne quelque chose, c'est celui qui incite le disciple à donner le meilleur de lui-même pour qu'il découvre une connaissance déjà présente en lui, au creux de son âme. »

Et tandis qu'ils descendaient de la montagne ensemble, Tetsuya lui expliqua la voie de l'archer.

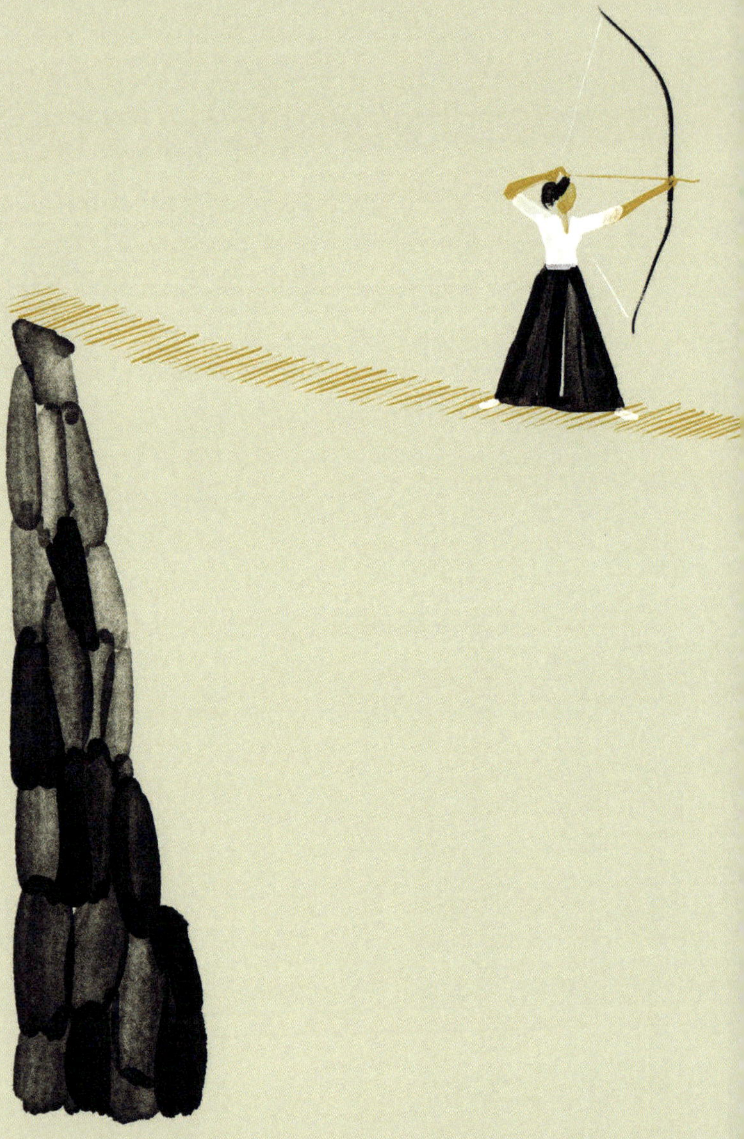

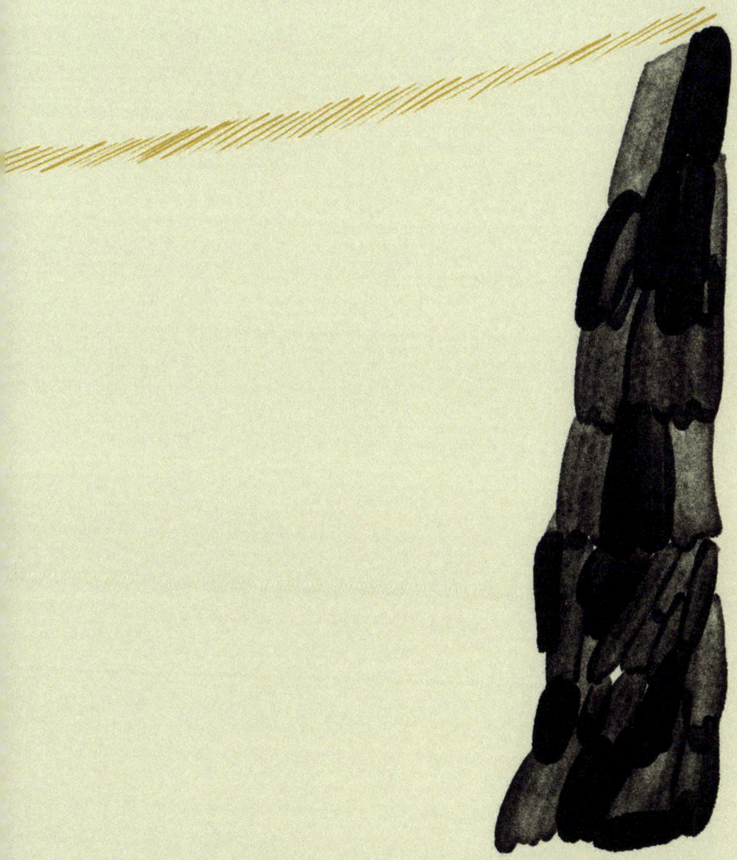

Les alliés

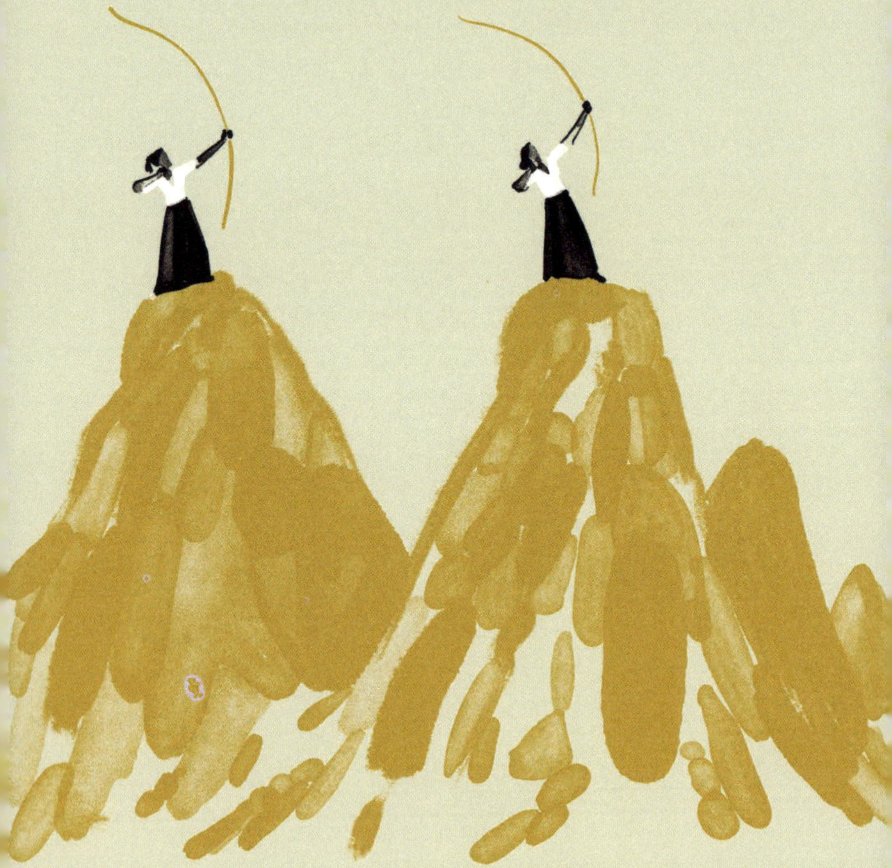

L'archer qui ne partage pas avec les autres sa joie de l'arc et de la flèche ne connaîtra jamais ses propres qualités et ses propres défauts.

Avant de commencer quoi que ce soit, donc, cherche des alliés – des gens qui s'intéressent à ce que tu fais.

Attention, je ne suis pas en train de dire : « Cherche d'autres archers. » Je dis simplement : « Trouve des personnes qui ont d'autres talents, car la voie de l'archer n'est pas différente d'une autre voie suivie elle aussi avec enthousiasme. »

Tes alliés ne seront pas forcément des personnes que tout le monde regarde et admire, dont tout le monde dit : « C'est le meilleur ou la meilleure. » Bien au contraire : ce seront des gens qui n'ont pas peur de faire des erreurs, et qui forcément en font. C'est pourquoi leur travail n'est pas toujours reconnu. Mais c'est ce genre de personnes qui transforment le monde et qui, après s'être trompées à plusieurs reprises, parviennent à accomplir quelque chose qui changera leur communauté.

Ces personnes-là ne peuvent pas rester les bras croisés à attendre que les choses changent, pour ensuite décider de la meilleure attitude à adopter, non : elles font des choix à mesure qu'elles agissent, même en sachant que cela peut être très risqué.

Côtoyer ce type de personnes est important pour un archer : il faut qu'il comprenne qu'avant de se positionner devant sa cible, il doit être assez libre pour pouvoir changer de direction à mesure qu'il rapproche la flèche de sa poitrine. Quand il ouvre ses doigts et lâche la corde, il doit se dire intérieurement : « Pendant que je bandais mon arc, j'ai parcouru un long chemin. Je lâche à présent cette flèche, conscient d'avoir pris les risques nécessaires et d'avoir donné le meilleur de moi-même. »

Les meilleurs alliés sont ceux qui ne pensent pas comme les autres. Ainsi, lorsque tu cherches des compagnons avec qui partager ton enthousiasme du tir, fais confiance à ton intuition, et ne prête pas attention aux commentaires des uns et des autres. Les gens jugent toujours selon leurs propres limites – et l'avis général est parfois plein de préjugés et de peurs.

Rallie-toi à tous ceux qui essaient, qui prennent des risques, qui tombent, qui se blessent, et qui se risquent à nouveau. Éloigne-toi de ceux qui assènent des vérités, qui critiquent les gens qui pensent autrement, qui n'ont jamais fait un pas sans être certains d'être respectés, et qui préfèrent avoir des certitudes plutôt que des doutes.

Rallie-toi à ceux qui s'exposent et qui ne craignent pas d'être vulnérables : ceux-là ont compris que l'on ne peut s'améliorer qu'en regardant ce que fait son prochain, non pas pour le juger, mais pour admirer son dévouement et son courage.

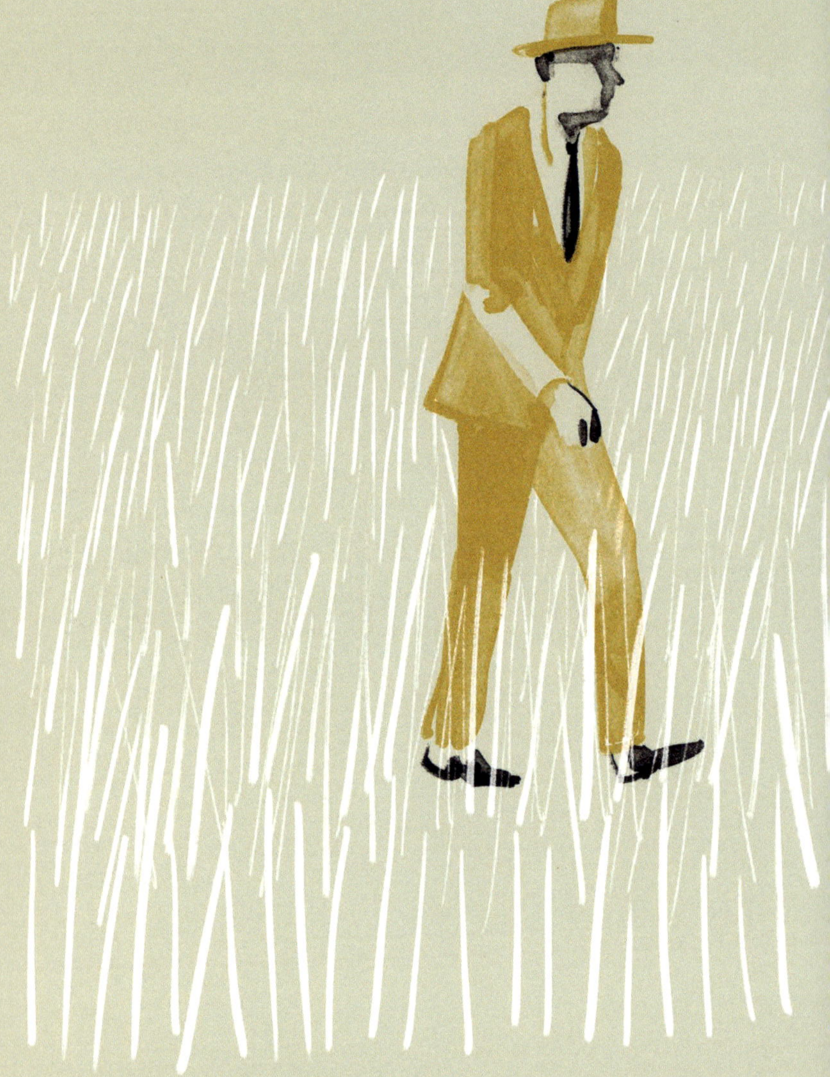

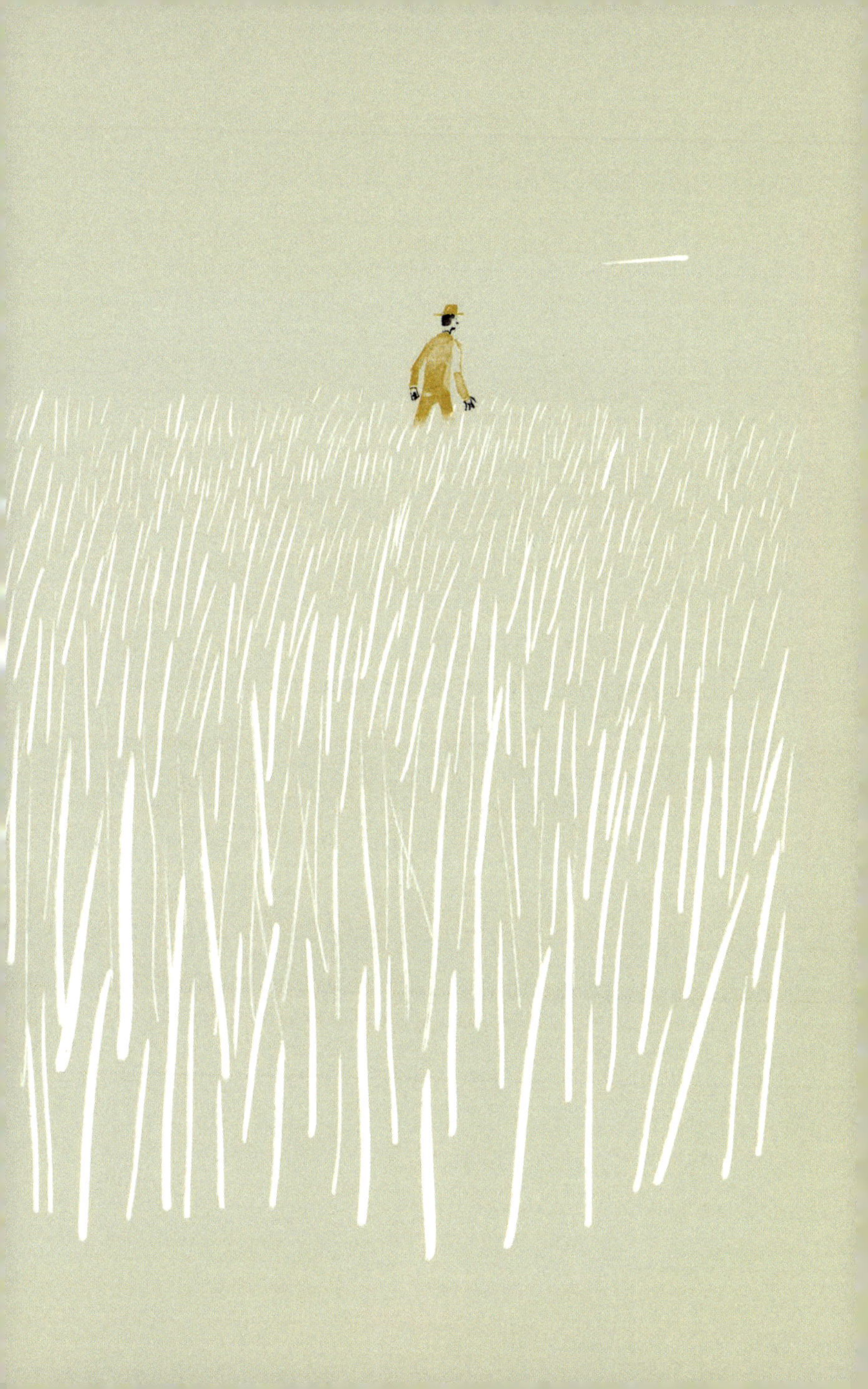

Tu penseras peut-être que tirer à l'arc ne peut pas susciter l'intérêt d'un boulanger ou d'un paysan, mais je te l'assure : ce qu'ils ont vu, ils s'en serviront dans ce qu'ils font. Et toi tu feras de même : avec le boulanger tu apprendras à te servir de tes mains, et à doser précisément le mélange des ingrédients. Avec le paysan tu apprendras à être patient, à travailler dur, à respecter les saisons, et à ne pas maudire les tempêtes – car ce serait une perte de temps.

Rallie-toi à ceux qui sont souples comme le bois de ton arc, et qui savent lire les signes tout au long de la voie. Ce sont des gens qui n'hésitent pas à changer de chemin quand ils découvrent une barrière insurmontable, ou quand ils distinguent une meilleure opportunité. Ce sont là les qualités de l'eau : contourner les rochers, s'adapter au cours des rivières, remplir toute dépression jusqu'à se transformer en lac, avant de poursuivre son trajet, car l'eau n'oublie pas que la mer est sa destination, et que tôt ou tard elle devra l'atteindre.

Rallie-toi à ceux qui n'ont jamais dit : « C'est fini, je dois m'arrêter là. » Parce que tout comme l'hiver est suivi du printemps, rien n'est jamais fini : après avoir atteint ton objectif, il faut recommencer à nouveau, en te servant toujours de ce que tu as appris en chemin.

Rallie-toi à ceux qui chantent, qui content des histoires, qui savourent la vie, et dont les yeux brillent de joie. Parce que la joie est contagieuse, et qu'elle permet toujours d'éviter aux gens de se laisser pétrifier par la dépression, la solitude et les difficultés.

Rallie-toi à ceux qui font leur travail avec enthousiasme. Mais pour que tu puisses leur être utile autant qu'ils te seront utiles, tu dois connaître les outils dont tu disposes et savoir comment perfectionner tes talents.

À présent, l'heure est venue pour toi de connaître ton arc, ta flèche, ta cible, et ta voie.

L'arc

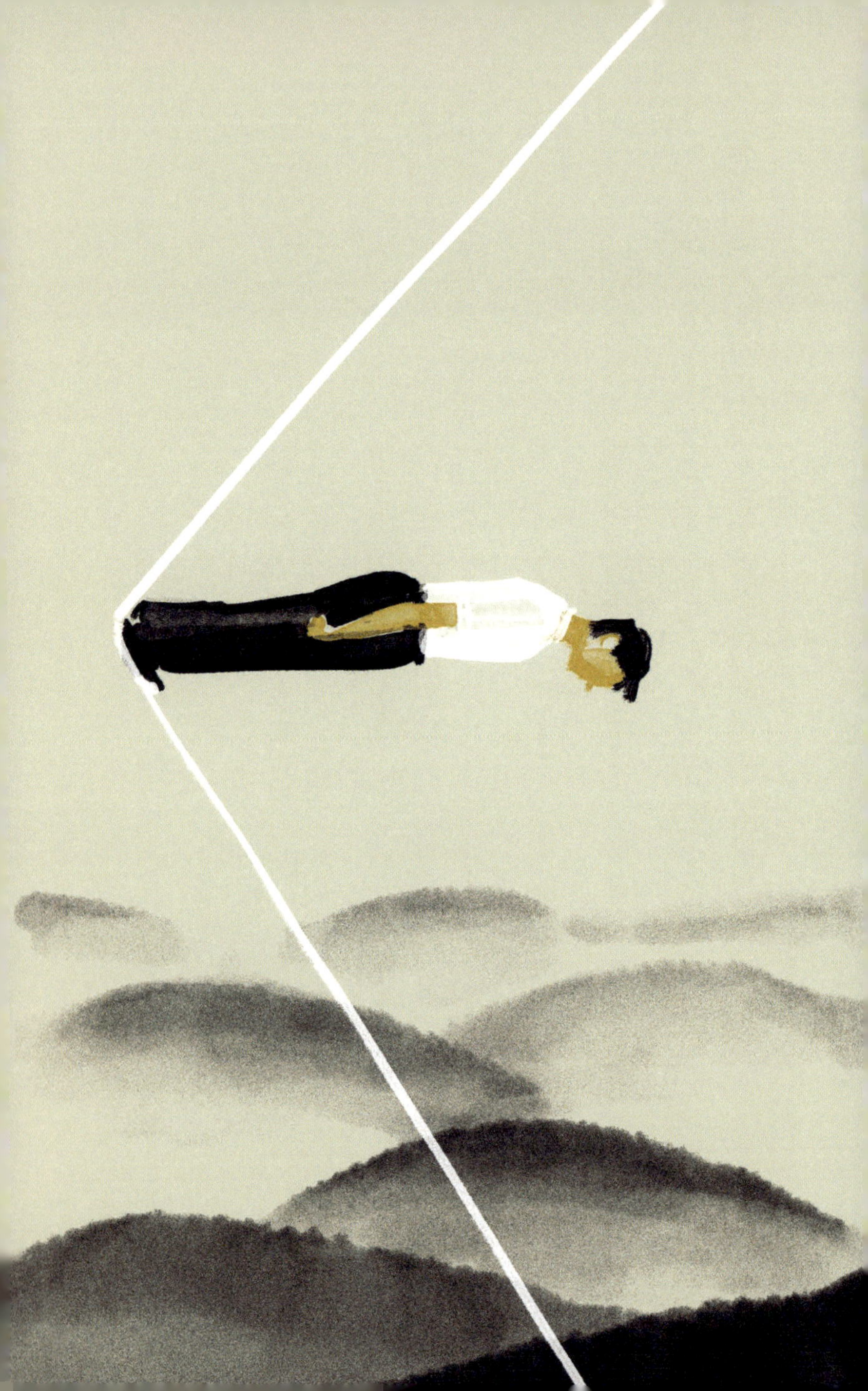

L'arc est la vie : toute l'énergie vient de lui.
La flèche partira un jour.
La cible est loin.

Mais l'arc restera toujours avec toi, et il faut savoir en prendre soin.

Il a besoin de périodes d'inaction – un arc qui est toujours armé, en état de tension, perd sa puissance. Laisse-le donc se reposer, récupérer sa fermeté : ainsi, quand tu tendras sa corde, tu sentiras sa satisfaction et sa force intacte.

L'arc n'a pas de conscience : il est un prolongement de la main et de la volonté de l'archer. Il sert à tuer ou à méditer. Sois toujours clair, donc, dans tes intentions.

Un arc a de la souplesse, mais il a aussi ses limites. Si tu le bandes plus qu'il ne peut le supporter, tu le casseras, ou tu épuiseras ta main. Efforce-toi de cultiver l'harmonie avec ton instrument, et de ne pas exiger plus que ce qu'il peut te donner.

Dans la main de son archer, un arc est soit au repos, soit bien tendu. Mais cette main n'est que le lieu où se concentrent tous les muscles du corps, toutes les intentions du tireur, tout l'effort du tir. Pour tenir ton arc bandé avec élégance, fais donc en sorte que chaque partie de ton être donne uniquement ce qu'elle doit donner, et ne gaspille pas tes énergies. Ainsi, tu pourras tirer de nombreuses flèches sans te fatiguer.

Si tu veux comprendre ton arc, celui-ci doit devenir une partie de ton bras, un prolongement de ta pensée.

La flèche

La flèche est l'intention.

C'est la force qui unit l'arc au centre de la cible.

L'intention doit être cristalline, inflexible, bien équilibrée.

Une fois partie, la flèche ne reviendra pas, alors si les mouvements qui t'ont conduit au tir manquaient de précision et de justesse, mieux vaut t'interrompre plutôt que de t'évertuer à tirer, sous prétexte que l'arc est déjà bandé et que la cible attend.

Mais ne retiens jamais la flèche si l'unique chose qui te paralyse est la peur de manquer ta cible. Si tu as accompli les mouvements justes, ouvre tes doigts et lâche la corde. Et si tu faillis, tu sauras corriger ta visée la prochaine fois.

Si tu ne prends pas de risques, tu ne sauras jamais quels changements tu devais mettre en œuvre.

Chaque flèche laisse une trace dans ton cœur – et c'est la somme de ces traces qui fera de toi un meilleur tireur.

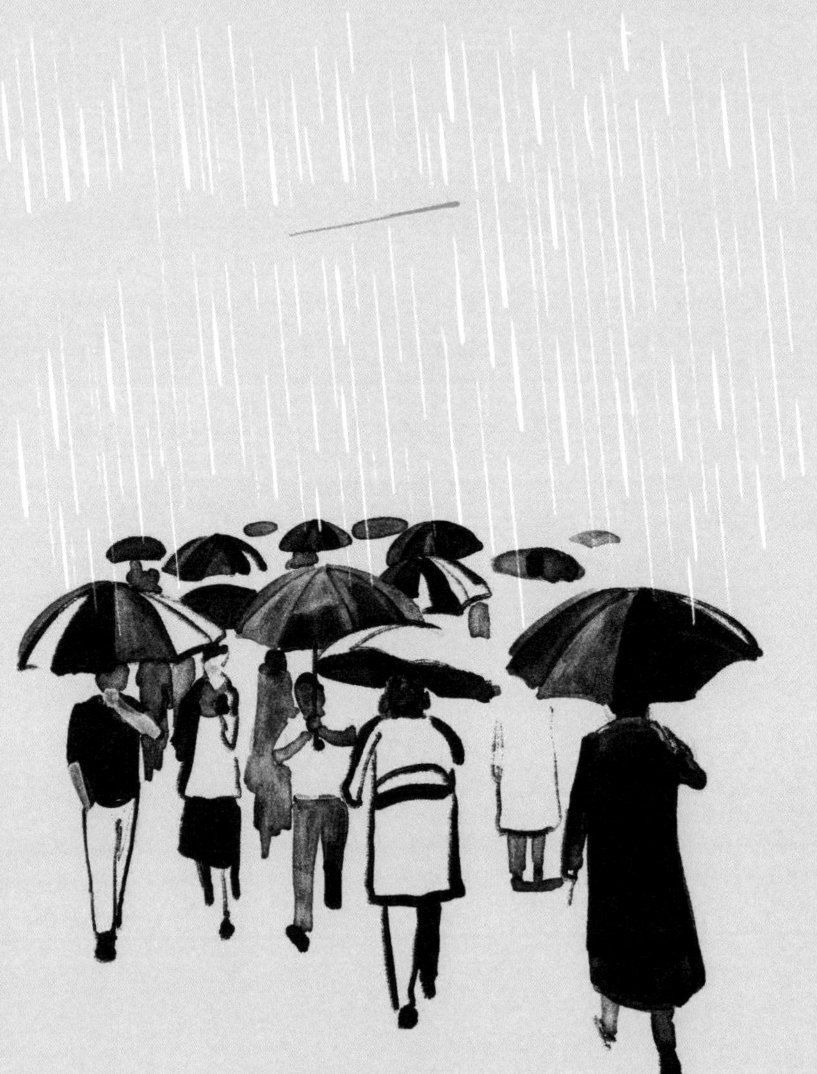

La cible

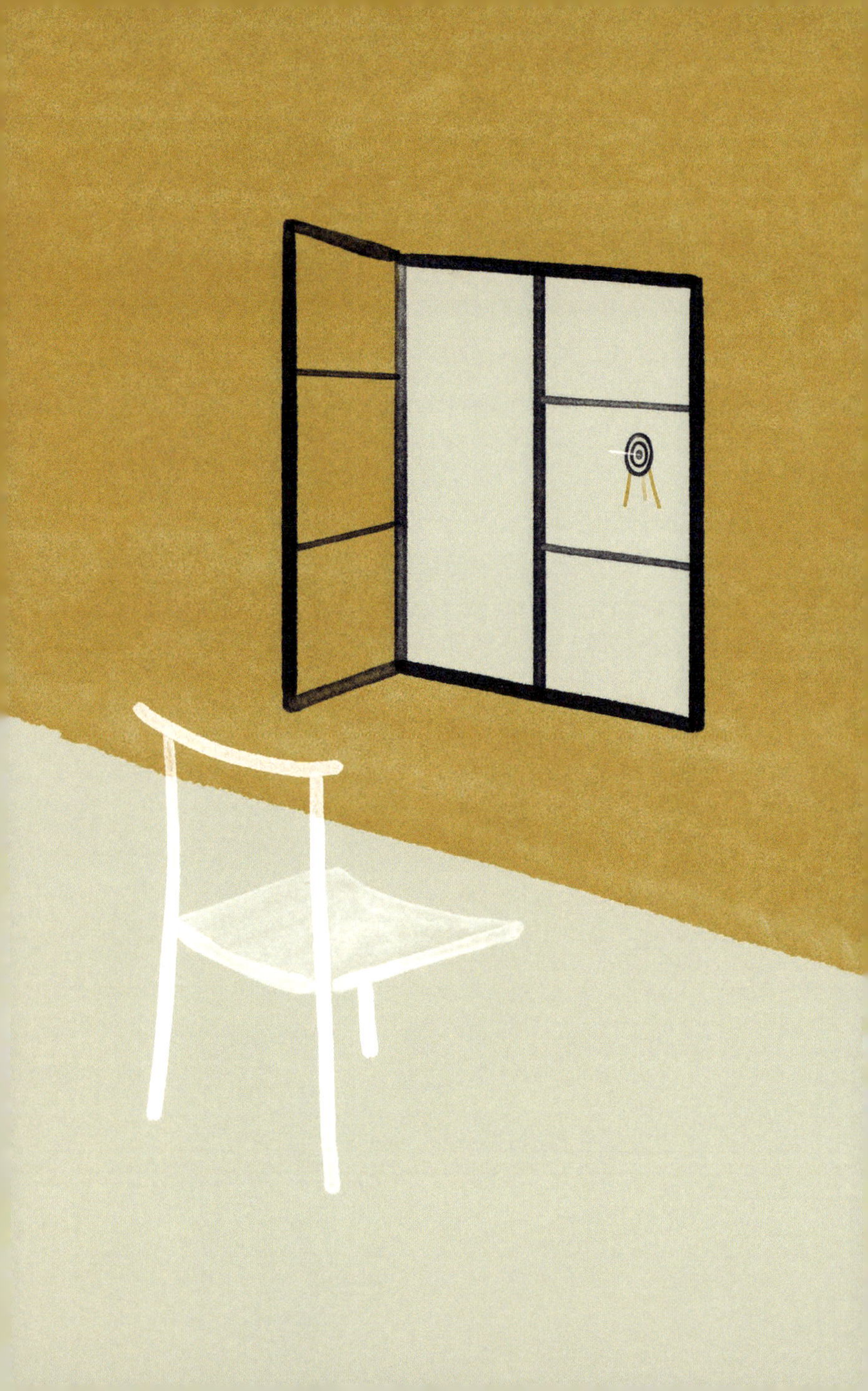

La cible est le but à atteindre.

C'est l'archer qui l'a choisie, mais elle est loin, et en aucun cas on ne peut la rendre coupable lorsqu'on la manque. C'est là que réside la beauté de la voie de l'archer : on ne peut jamais invoquer des prétextes, arguer que son adversaire était plus fort.

Tu as choisi ta cible, et tu en es responsable.

La cible peut être plus ou moins grande, plus ou moins petite, se trouver plus à droite ou plus à gauche : à toi de toujours te placer face à elle, de la respecter et de mentalement faire en sorte qu'elle se rapproche. Ce n'est que lorsqu'elle est sur la pointe de ta flèche que tu peux lâcher la corde.

Si tu regardes la cible comme un ennemi, tu réussiras peut-être ton tir, mais tu ne parviendras pas à améliorer quoi que ce soit en toi. Tu passeras ta vie à essayer de mettre simplement une flèche au centre d'un objet de papier ou de bois, ce qui est absolument inutile. Et lorsque tu seras avec d'autres personnes, tu passeras ton temps à te plaindre de ne rien faire d'intéressant.

Ainsi, tu dois bien choisir ta cible, toujours donner le meilleur de toi-même pour l'atteindre, et toujours la considérer avec respect et dignité : tu dois savoir ce qu'elle signifie, et combien elle t'a coûté en effort, en entraînement, en intuition.

En regardant ta cible, ne te concentre pas seulement sur elle, mais sur tout ce qui se passe autour, car la flèche, une fois tirée, se heurtera à des facteurs que tu n'auras peut-être pas pris en compte, comme le vent, le poids, la distance.

Tu dois comprendre ta cible. Tu dois constamment te demander : « Si j'étais la cible, où serais-je ? Comment aimerais-je être atteinte afin que l'archer reçoive les honneurs qu'il mérite ? »

Car la cible n'existe que dans la mesure où l'archer existe. Ce qui justifie son existence est le désir qu'il a de l'atteindre – sinon elle serait une chose morte, un bout de papier ou de bois, auquel personne ne prêterait attention.

Ainsi, de la même façon que la flèche cherche la cible, la cible cherche la flèche, car c'est elle qui donne du sens à son existence : ce n'est plus un simple morceau de papier, mais le centre du monde d'un archer.

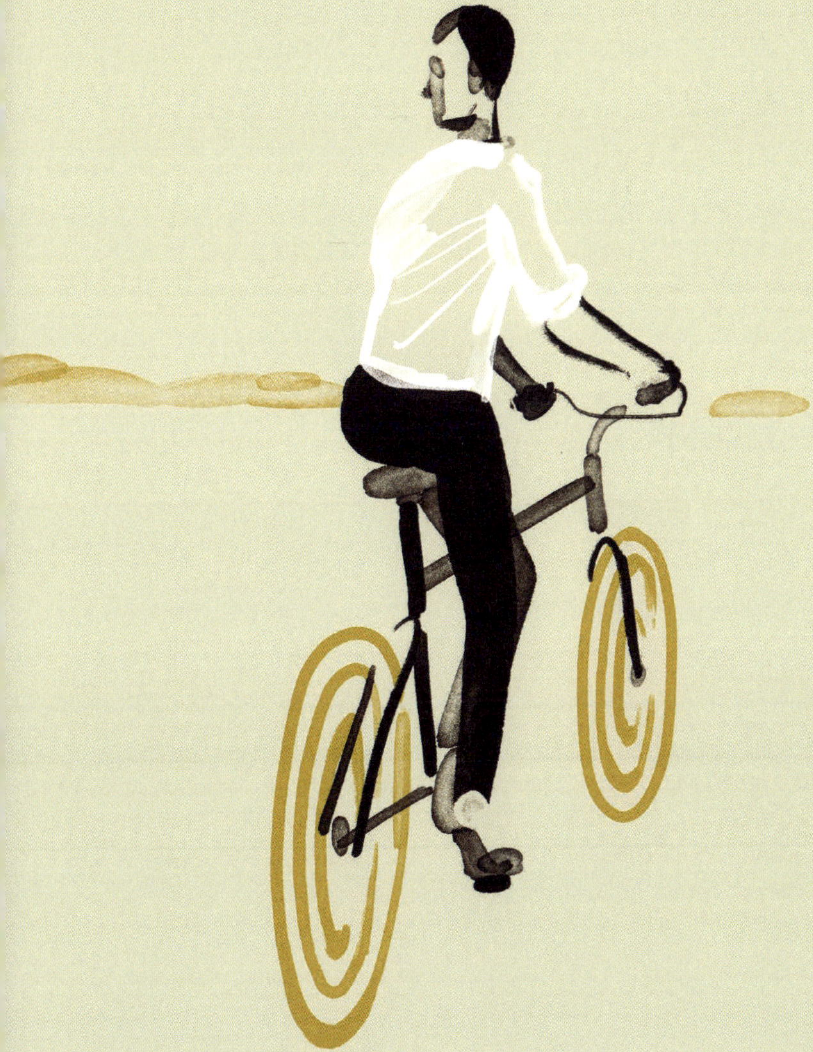

La posture

Une fois que l'on a compris l'arc, la flèche et la cible, il faut acquérir assez d'élégance et de sérénité pour apprendre à tirer.

La sérénité vient du cœur. Celui-ci, bien que très souvent torturé par des pensées soucieuses, sait qu'il parviendra, grâce à la bonne posture, à donner le meilleur de lui-même.

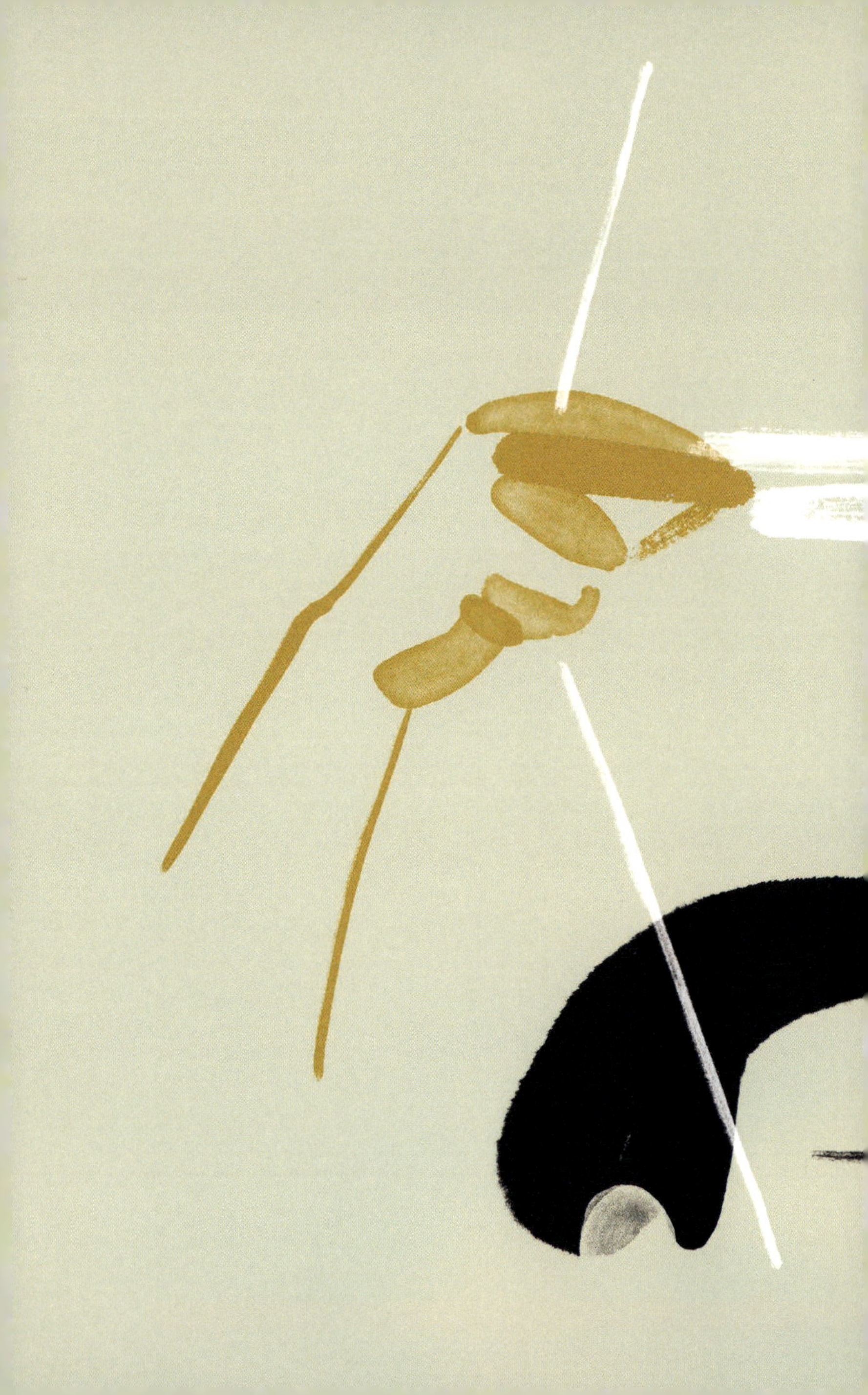

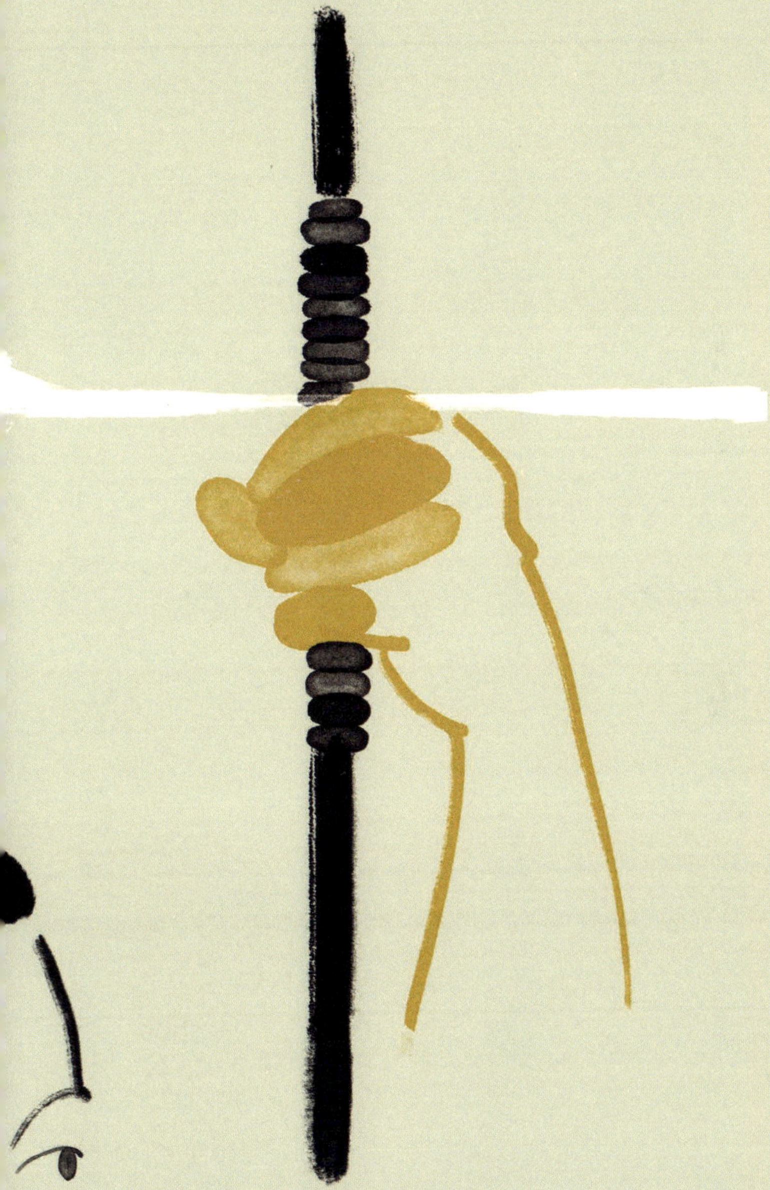

L'élégance n'est pas une chose superficielle, c'est la façon que l'homme a trouvée pour honorer la vie et son travail. Ainsi, si tu sens parfois que ta posture est inconfortable, ne pense pas qu'elle est fausse ou artificielle : elle est vraie parce qu'elle est difficile. C'est grâce à elle que la cible se sent honorée de la dignité de l'archer.

L'élégance n'est pas la posture la plus confortable, mais celle qui est la plus adéquate à la perfection du tir.

L'élégance est atteinte lorsque tout le superflu a été mis de côté ; l'archer découvre alors la simplicité et la concentration : plus la posture sera simple et sobre, plus belle elle sera.

La neige est belle parce qu'elle n'a qu'une couleur, la mer est belle parce qu'elle ressemble à une surface plane – mais l'une comme l'autre dissimulent leur profondeur et savent leurs propres qualités.

Comment tenir la flèche

Tenir la flèche, c'est être en contact avec ton intention.

Il faut l'observer sur toute sa longueur, voir si les plumes qui guident son vol sont bien disposées, contrôler sa pointe et vérifier qu'elle est bien affûtée.

S'assurer qu'elle est bien droite, qu'elle n'a pas été courbée ou abîmée par un tir antérieur.

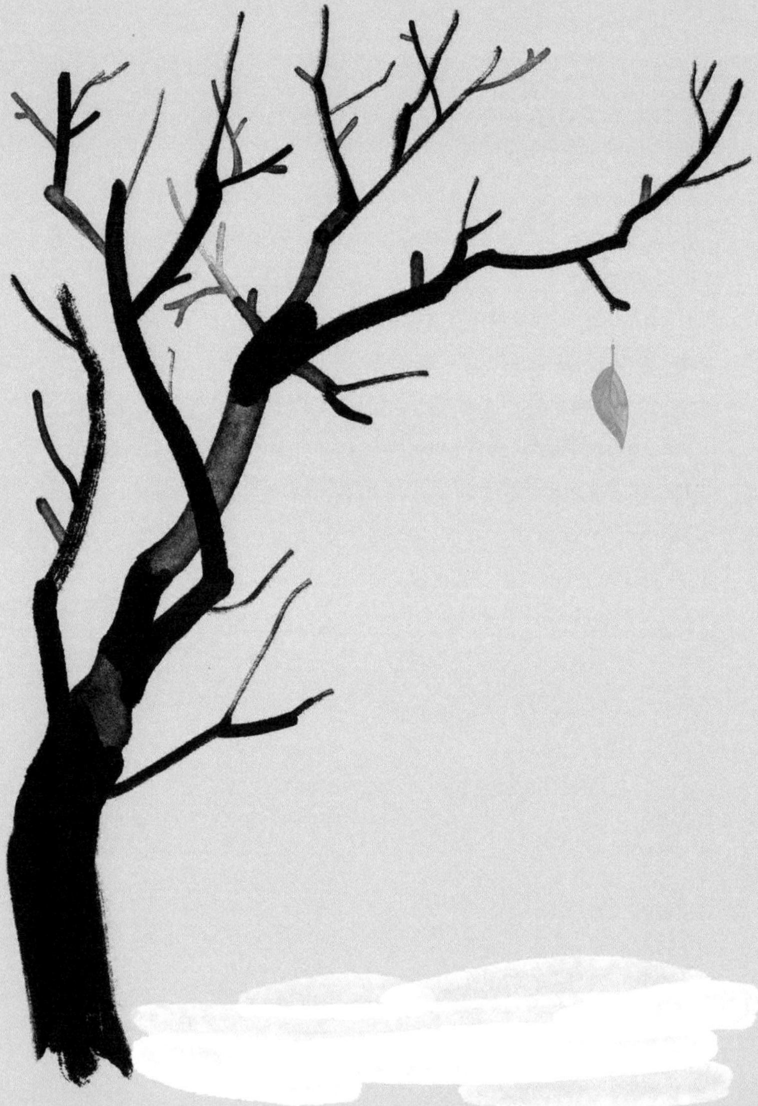

La flèche, dans sa simplicité et sa légèreté, peut paraître fragile – mais elle porte au loin l'énergie physique et mentale de l'archer, grâce à la force que celui-ci lui transmet. Une légende raconte qu'une simple flèche a réussi à faire couler un navire : l'homme qui l'a décochée, sachant où se situait le morceau de bois le plus faible, a ouvert un trou qui a permis à l'eau de pénétrer sans bruit dans la cale. Il a ainsi anéanti les envahisseurs qui menaçaient son village.

La flèche est l'intention qui quitte la main de l'archer et qui part vers la cible. Libre dans son vol, elle suivra le chemin auquel elle a été destinée au moment du tir.

Elle sera touchée par le vent et par la gravité, mais cela fait partie de son parcours : une feuille ne cesse pas d'être une feuille uniquement parce que la tempête l'a arrachée à l'arbre.

Ainsi doit être l'intention de l'homme : parfaite, droite, affûtée, ferme, précise. Personne ne peut l'arrêter quand elle traverse l'espace qui la sépare de son destin.

Comment tenir l'arc

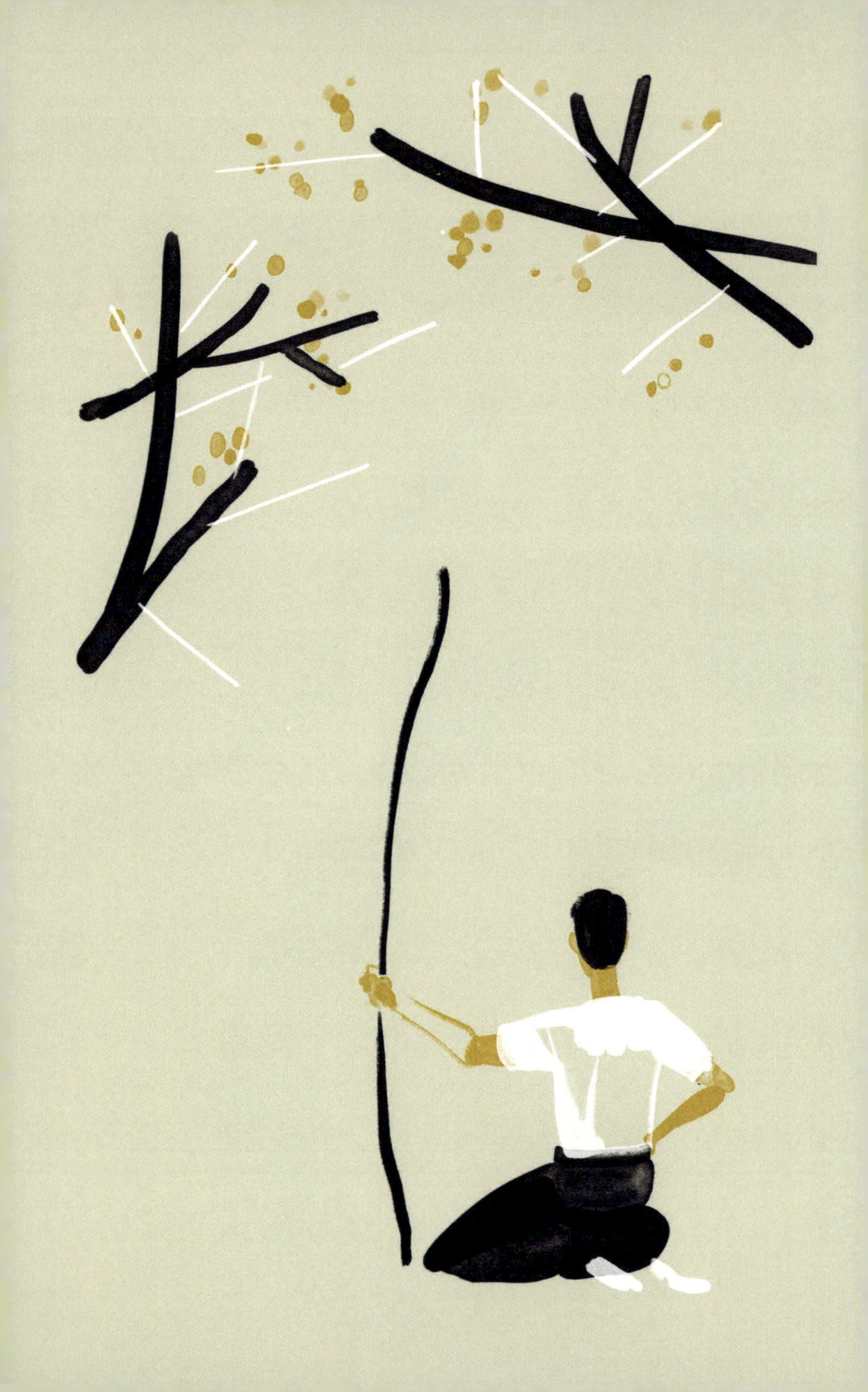

Sois calme et respire profondément.

Tes alliés observent tous tes mouvements et ils t'aideront au besoin.

Mais n'oublie pas que l'adversaire t'observe lui aussi, et il connaît la différence entre une main ferme et une main tremblante : donc, si tu es tendu, respire profondément, cela t'aidera à te concentrer sur toutes les étapes de ton tir.

Au moment où tu empoignes ton arc et le places – avec élégance – devant toi, essaie de revoir mentalement chaque étape qui t'a conduit à préparer ce tir.

Mais fais-le sans tension, parce qu'il est impossible d'avoir toutes les règles en tête : et c'est l'esprit tranquille, à mesure que tu te remémores chaque étape, que tu te rendras compte des moments les plus difficiles, et de la façon dont tu les as dépassés.

Cela te donnera confiance, et ta main ne tremblera plus.

Comment tendre la corde

L'arc est un instrument de musique, et c'est à travers la corde que sa sonorité se manifeste.

La corde est longue, mais la flèche ne la touche que sur un tout petit point, et c'est sur ce point que toute la sagesse et l'expérience de l'archer doivent se concentrer.

S'il se penche un peu vers la droite, ou un peu vers la gauche, si ce point se trouve un peu plus haut ou plus bas que la ligne de tir, l'objectif ne sera jamais atteint.

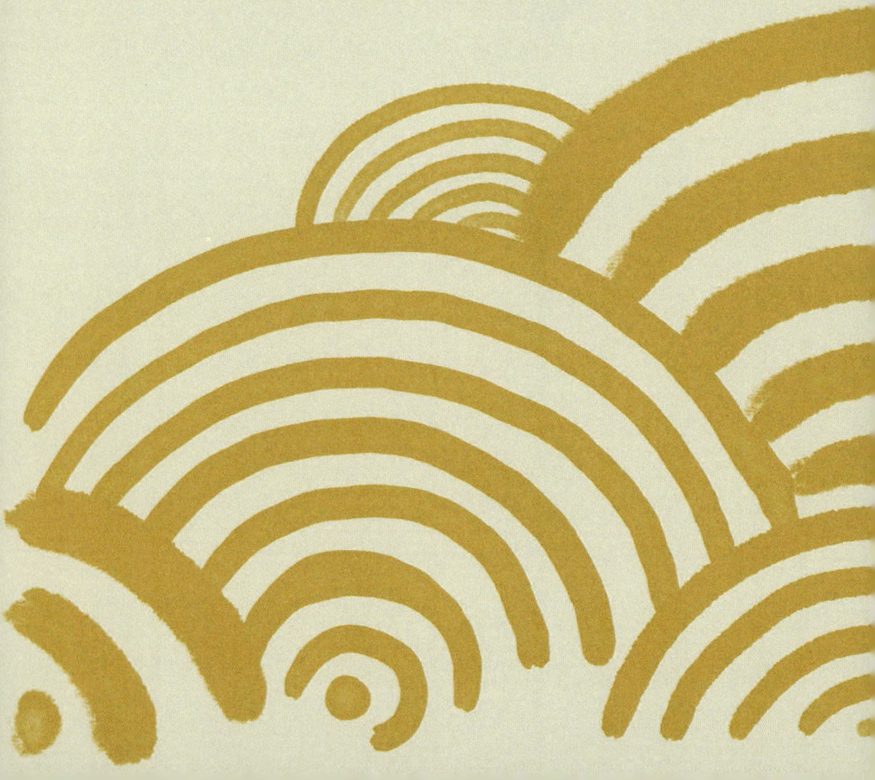

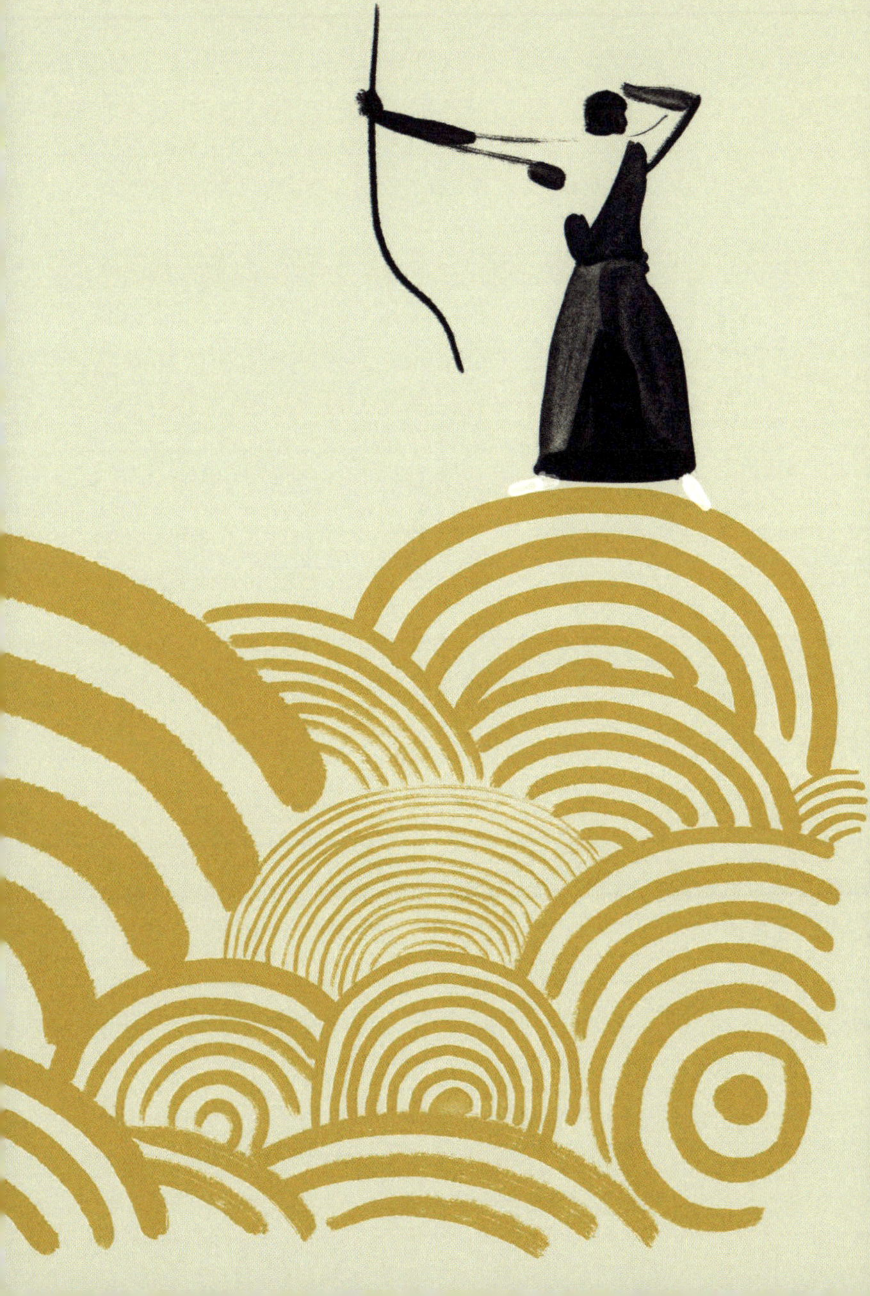

Donc, en tendant la corde, sois comme le musicien qui joue de son instrument. Dans la musique, le temps est plus important que l'espace : une suite de notes alignées sur une portée ne veut rien dire, mais celui qui sait les lire parviendra à transformer cette ligne en sons et en rythmes.

Tout comme l'archer justifie l'existence de la cible, la flèche justifie l'existence de l'arc : tu pourras toujours lancer une flèche de ta main, mais un arc sans flèche n'a pas la moindre utilité.

Lorsque tu écarteras tes bras, donc, ne pense pas que tu es en train d'armer ton arc. Pense que la flèche est le centre, immobile, et qu'en la touchant avec soin, en lui demandant de coopérer avec toi, tu œuvres au rapprochement des extrémités de l'arc et de la corde.

Comment observer la cible

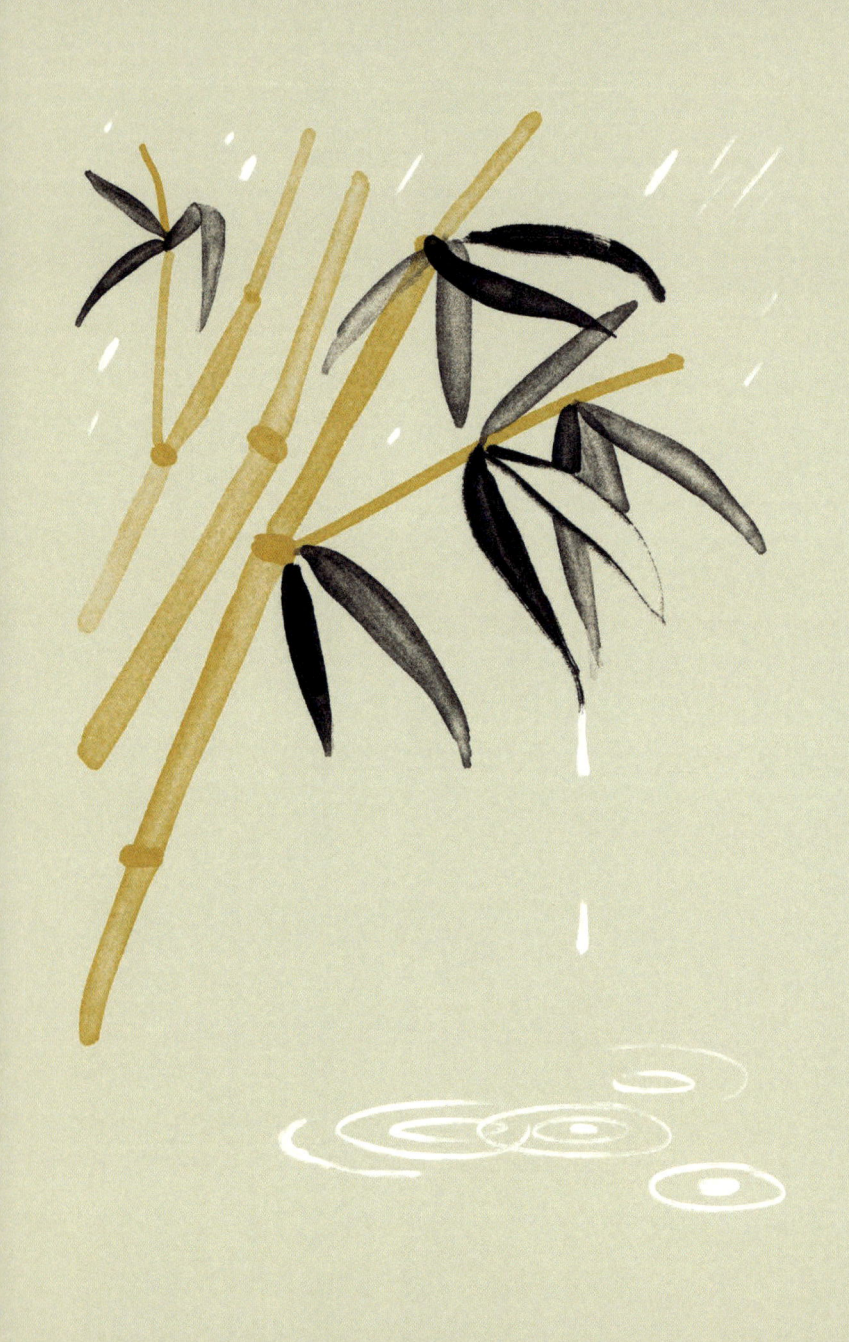

De nombreux archers se plaignent de sentir encore, malgré des années de pratique de l'art du tir, leur cœur battre d'anxiété, leur main trembler, leur cible leur échapper. Ils doivent comprendre qu'un arc ou une flèche n'y pourront rien changer, mais que l'art du tir met en évidence nos erreurs.

Le jour où tu te sentiras sans amour pour la vie, ton tir sera confus, compliqué. Tu verras que tu n'as pas assez de force pour tendre au maximum la corde, que tu n'arrives pas à bander ton arc comme il le faut.

Et le matin où tu te rendras compte de cette confusion, tu chercheras à découvrir ce qui a pu provoquer un tir aussi imprécis : tu affronteras alors le problème qui te perturbe, mais qui jusqu'à présent demeurait caché.

Le contraire arrive aussi : ton tir est sûr, la corde sonne comme un instrument de musique, les oiseaux chantent autour de toi. Tu sais alors que tu es en train de donner le meilleur de toi-même.

Néanmoins, ne te laisse pas influencer par les tirs d'un jour ou d'un autre, qu'ils soient précis ou incertains. Bien des matins sont encore à venir, et chaque flèche est une vie en soi.

Profite des mauvais moments pour découvrir ce qui te fait trembler. Profite des bons moments pour trouver ton chemin vers la paix intérieure.

Mais ne te laisse jamais arrêter par la peur ni par la joie : la voie de l'archer est un chemin sans fin.

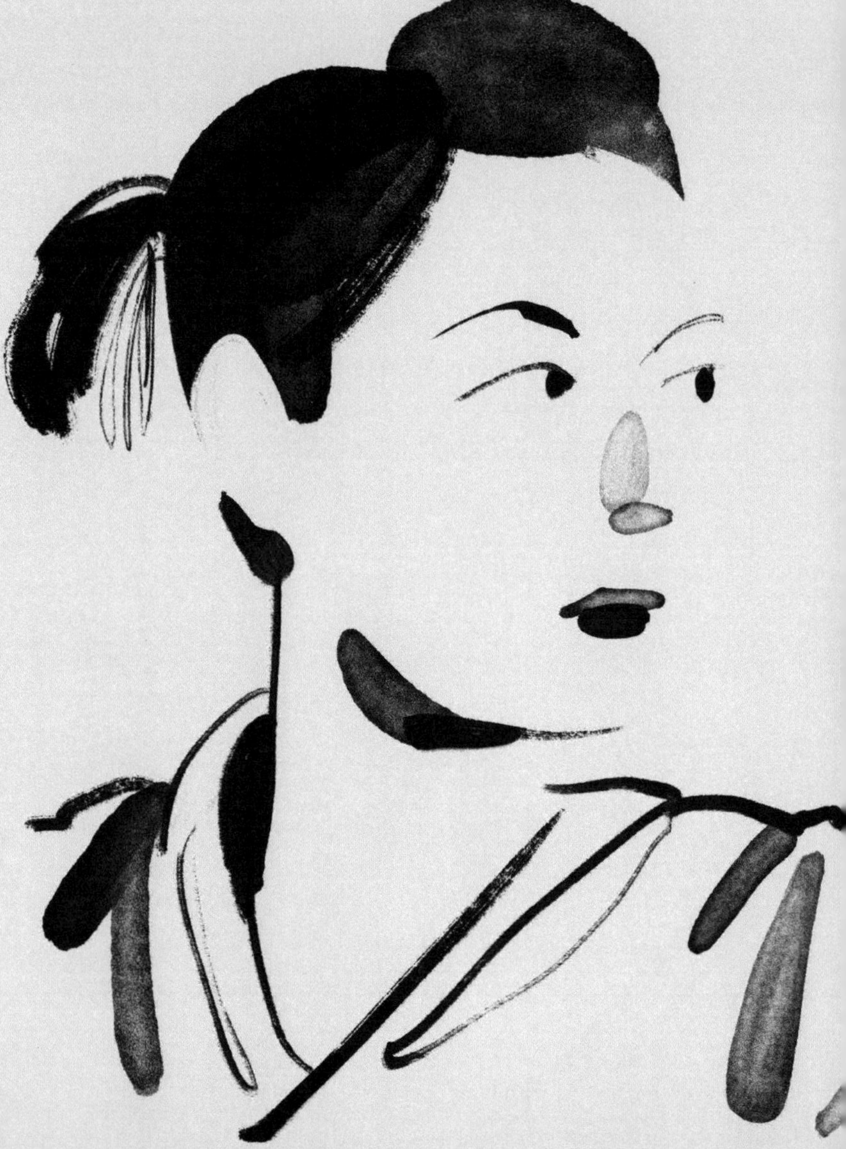

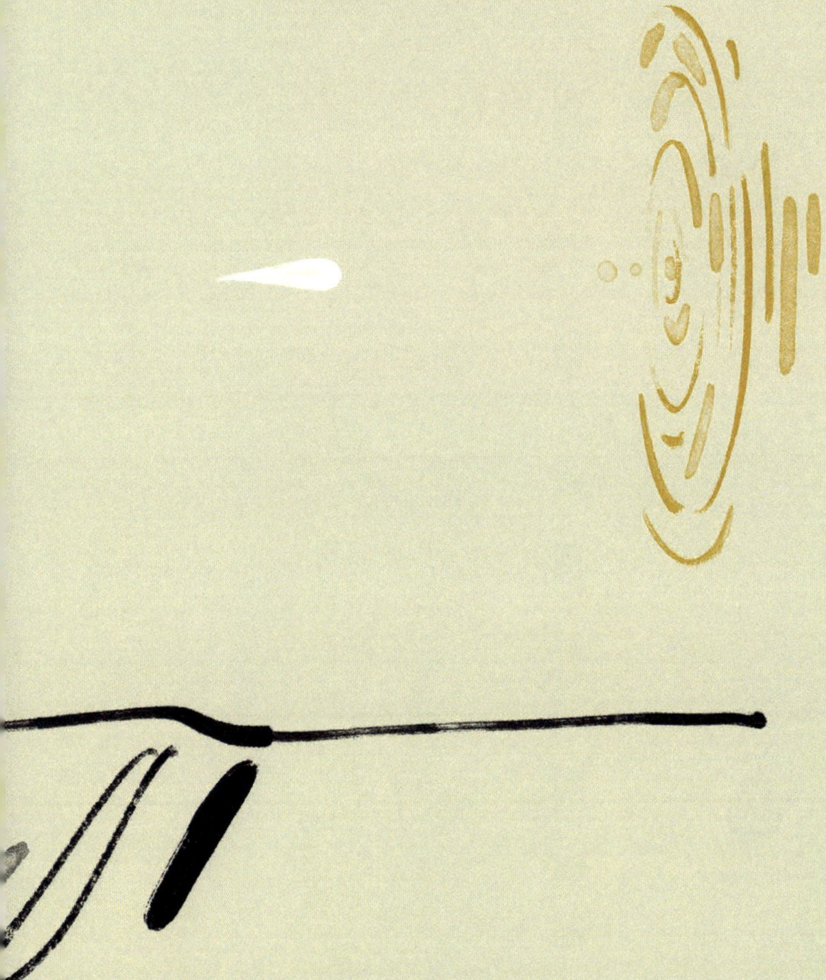

Le moment de tirer

Il existe deux types de tir.

Le premier est celui que l'on fait avec précision, mais sans âme. Dans ce cas, l'archer, bien qu'il possède une grande maîtrise de la technique, s'est exclusivement concentré sur la cible – et il n'a donc pas évolué, il a machinalement répété un geste, il n'a pas réussi à grandir, et il abandonnera un jour la voie de l'archer parce qu'il trouvera que tout est devenu routine.

Le second tir est celui que l'on fait de toute son âme. Lorsque l'intention de l'archer se transforme pour devenir le vol de la flèche, ses doigts s'ouvrent au bon moment, le son de la corde fait chanter les oiseaux et le fait de tirer en direction de quelque chose au loin provoque – paradoxalement – un retour sur soi, une rencontre avec soi-même.

Tu sais l'effort qu'il t'en a coûté pour armer ton arc, pour adapter ta respiration, pour te concentrer sur ton objectif, pour clarifier ton intention, pour maintenir une posture élégante, pour respecter ta cible. Mais tu dois aussi comprendre que rien en ce monde ne reste longtemps auprès de nous : à un moment donné ta main devra s'ouvrir, et laisser ton intention suivre son destin.

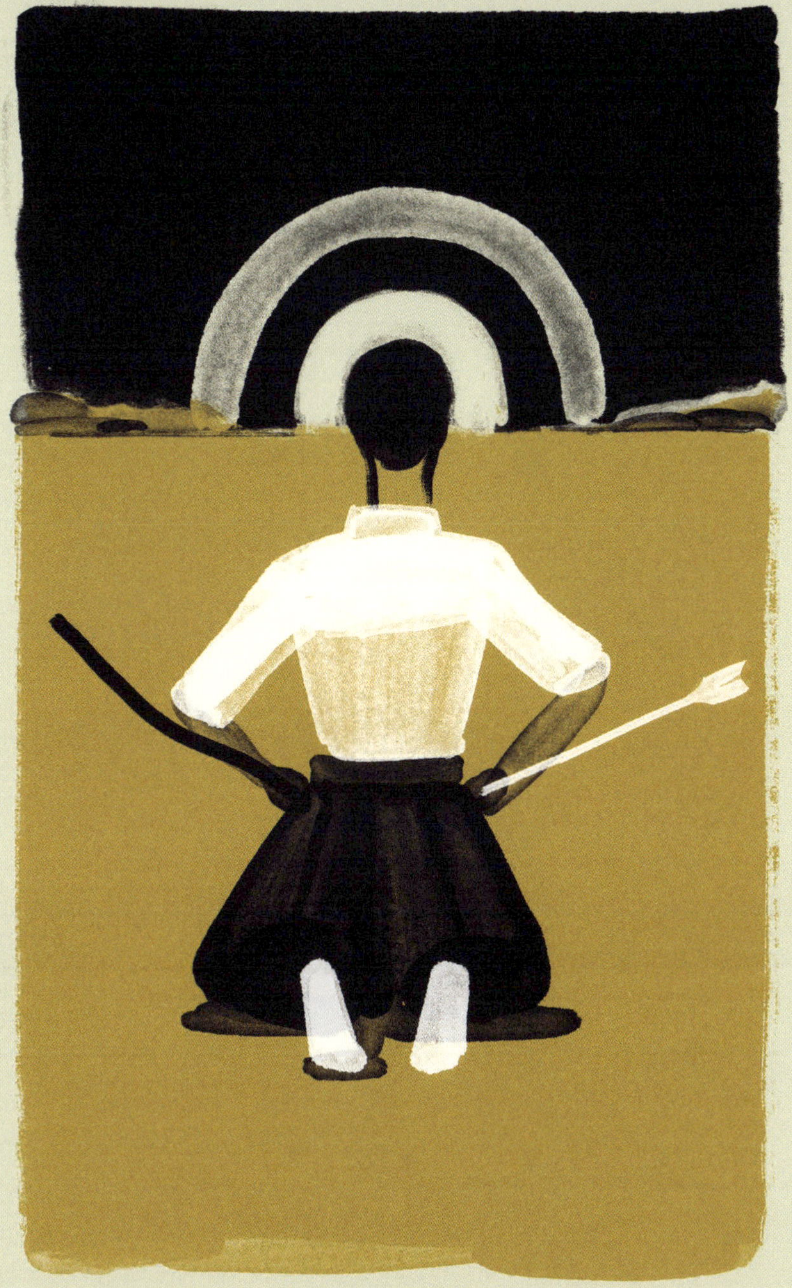

Tu auras beau aimer tous les pas qui t'ont conduit à la posture élégante et à la bonne intention, tu auras beau admirer ses plumes, sa pointe, sa forme, la flèche devra partir.

Mais elle ne pourra partir avant que l'archer soit prêt à la décocher : cela réduirait la longueur de son vol.

Elle ne pourra pas non plus attendre une fois qu'il aura atteint la posture et la concentration parfaites : le corps ne résisterait pas à l'effort et la main se mettrait à trembler.

La flèche devra partir au moment où l'arc, l'archer et la cible se trouveront alignés sur le même point de l'univers : c'est ce que l'on appelle l'inspiration.

La répétition

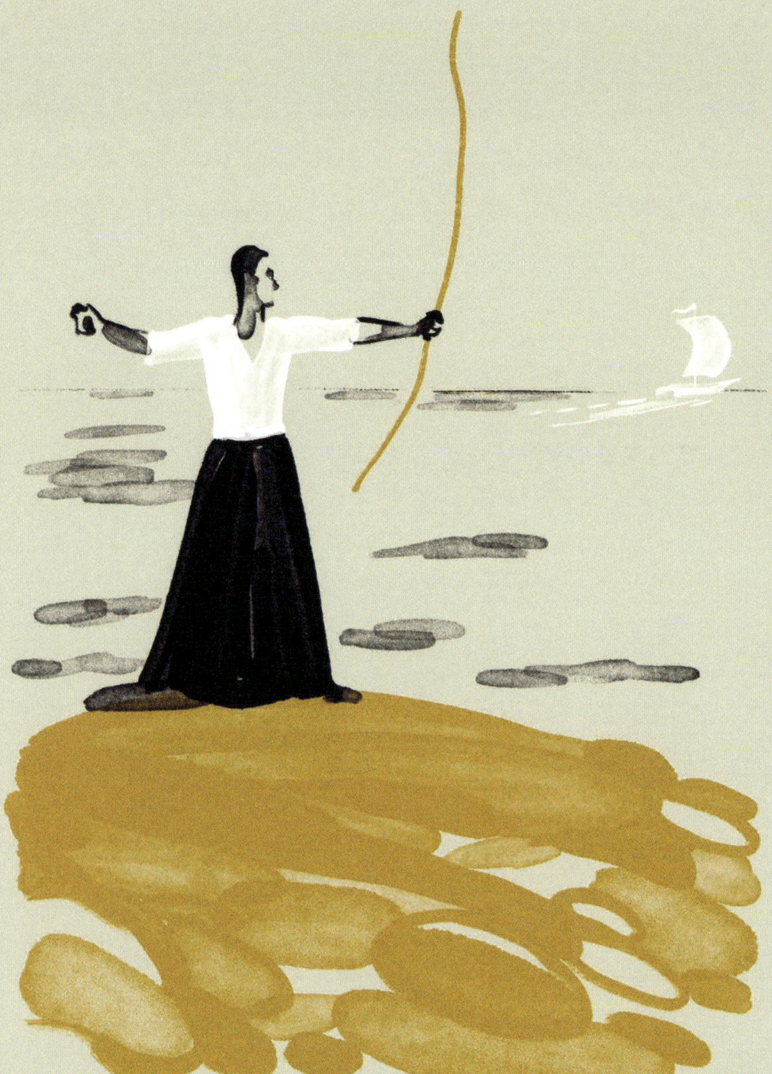

Le geste est l'incarnation du verbe : autrement dit, une action est une pensée qui se manifeste.

Le moindre geste peut nous dénoncer, de telle sorte que nous devons tout perfectionner, penser aux détails, maîtriser la technique jusqu'à ce qu'elle devienne intuitive. L'intuition n'a rien à voir avec la routine, elle relève plutôt d'un état d'esprit qui se situe au-delà de la technique.

Ainsi, après des heures et des heures de pratique, on ne pense plus aux gestes nécessaires : ils font désormais partie intégrante de notre propre existence. Mais pour cela, il faut s'entraîner, et répéter.

Et comme si cela ne suffisait pas, il faut encore répéter et s'entraîner.

Observe un bon forgeron travailler l'acier. Pour un regard novice, il ne fait que répéter les mêmes coups de marteau.

Mais celui qui connaît la voie de l'archer sait que chaque fois qu'il lève et abaisse son marteau, l'intensité du coup est différente. La main répète le même geste, mais à mesure qu'elle approche du fer, elle sent si elle doit le toucher plus fort ou plus doucement.

Il en est ainsi de la répétition : bien que les gestes semblent identiques, ils sont toujours distincts.

Observe le moulin. Aux yeux de celui qui regarde ses ailes une seule et unique fois, elles semblent tourner à la même vitesse, répéter toujours le même mouvement.

Mais celui qui connaît les moulins sait qu'ils dépendent du vent, et que leurs ailes changent de sens dès que c'est nécessaire.

La main du forgeron a appris à bien marteler après avoir répété ce geste des milliers de fois. Les ailes du moulin sont capables de tourner plus vite après que le vent a beaucoup soufflé et rodé ses engrenages.

L'archer permet à de nombreuses flèches de manquer leur objectif car il sait qu'il n'apprendra l'importance de l'arc, de la posture, de la corde et de la cible qu'après avoir répété ses gestes des milliers de fois, sans avoir peur de se tromper.

Et ses véritables alliés ne le critiqueront jamais, car ils savent bien qu'il faut s'entraîner, que c'est la seule façon de perfectionner son instinct et son tir.

Jusqu'au moment où il n'est plus nécessaire de penser à ce que l'on fait. Dès lors, l'archer devient son arc, sa flèche et sa cible.

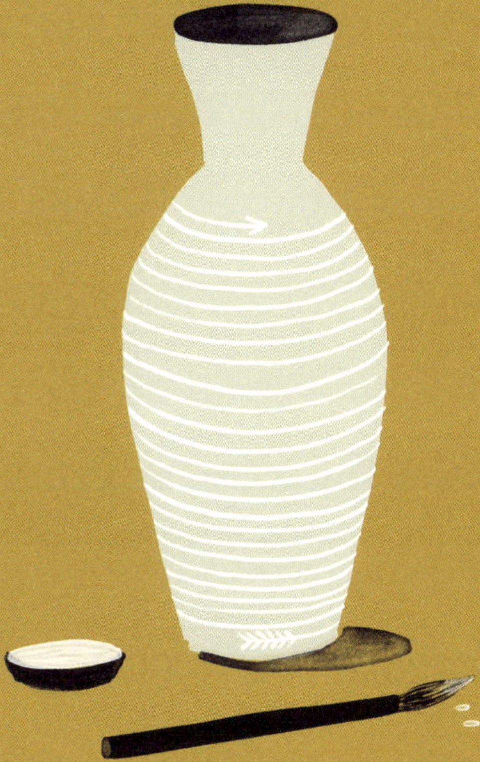

Comment observer
le vol de la flèche

Une fois que la flèche a été décochée, l'archer ne peut plus rien faire, si ce n'est suivre des yeux son trajet vers la cible. Dès lors, la tension nécessaire au tir n'a plus de raison d'être.

L'archer garde alors ses yeux fixés sur le vol de la flèche, mais son cœur se repose, et il sourit.

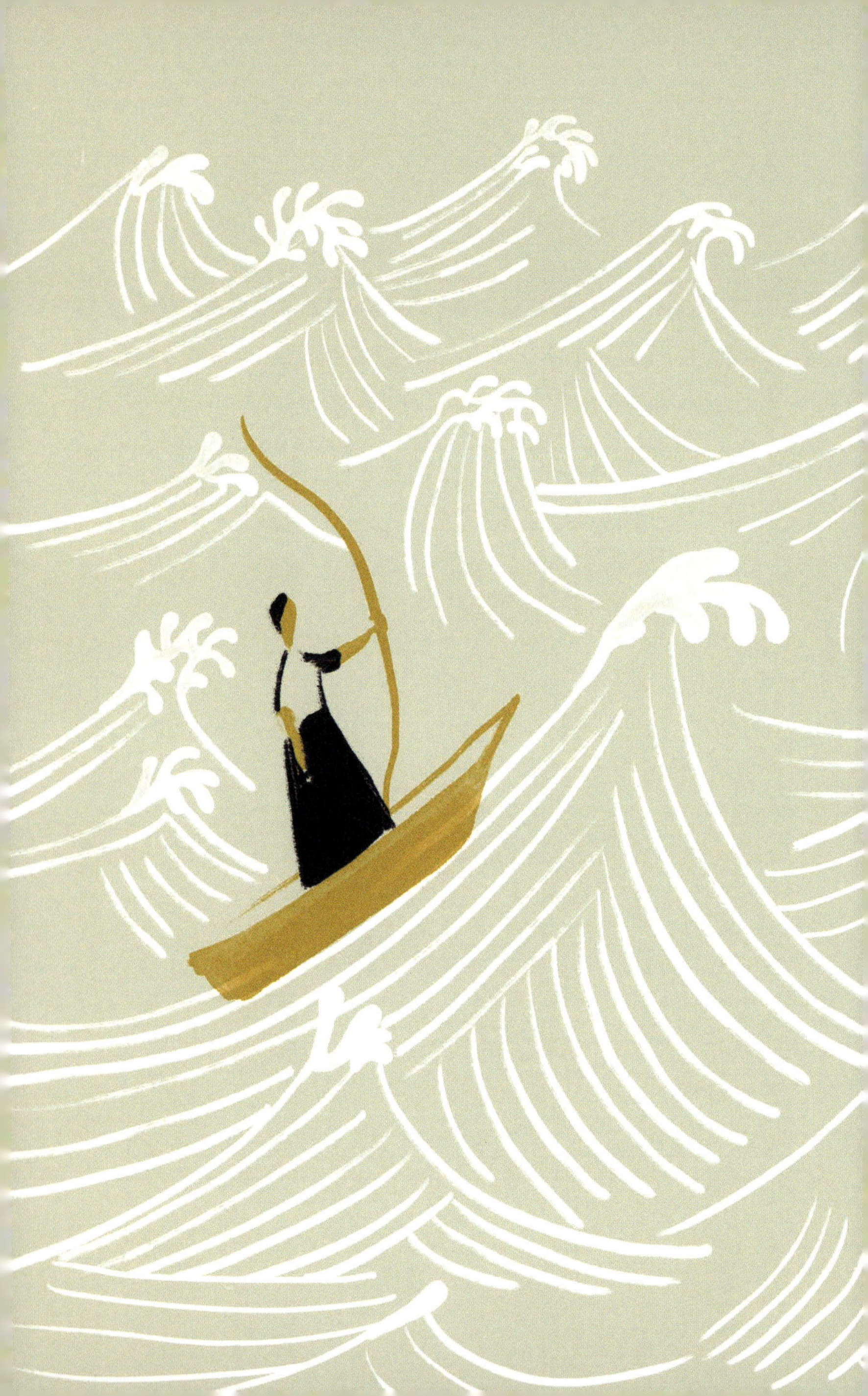

La main qui a lâché la corde est repoussée en arrière, la main d'arc fait un mouvement d'expansion, l'archer est obligé d'ouvrir les bras et d'affronter, la poitrine à découvert, le regard de ses alliés comme celui de ses adversaires.

À ce moment-là, s'il s'est assez entraîné, s'il a réussi à développer son instinct, s'il a conservé l'élégance et la concentration tout au long du processus de tir, il sentira la présence de l'univers, et il verra que son geste était juste et estimable.

La technique permet aux deux mains d'être prêtes, à la respiration d'être précise, aux yeux de savoir fixer la cible. L'instinct permet de trouver le moment parfait pour tirer.

Toute personne passant près de l'archer, en le voyant les bras ouverts, suivant la flèche des yeux, pensera qu'il est immobile. Mais les alliés savent que l'esprit du tireur a changé de dimension, qu'il est à présent en contact avec tout l'univers.

Car il continue de travailler, en découvrant tout ce que ce tir lui a apporté de positif, en corrigeant ses éventuelles erreurs, en reconnaissant ses qualités, en attendant de voir la réaction de la cible atteinte.

Lorsque l'archer tend la corde, il peut voir le monde entier dans son arc. Lorsqu'il suit le vol de la flèche, ce monde s'approche de lui, le caresse, et lui donne la sensation parfaite du devoir accompli.

Chaque flèche vole différemment. Tire mille flèches, et tu verras que chacune te montrera un trajet distinct : telle est la voie de l'archer.

L'archer sans arc, sans flèche, sans cible

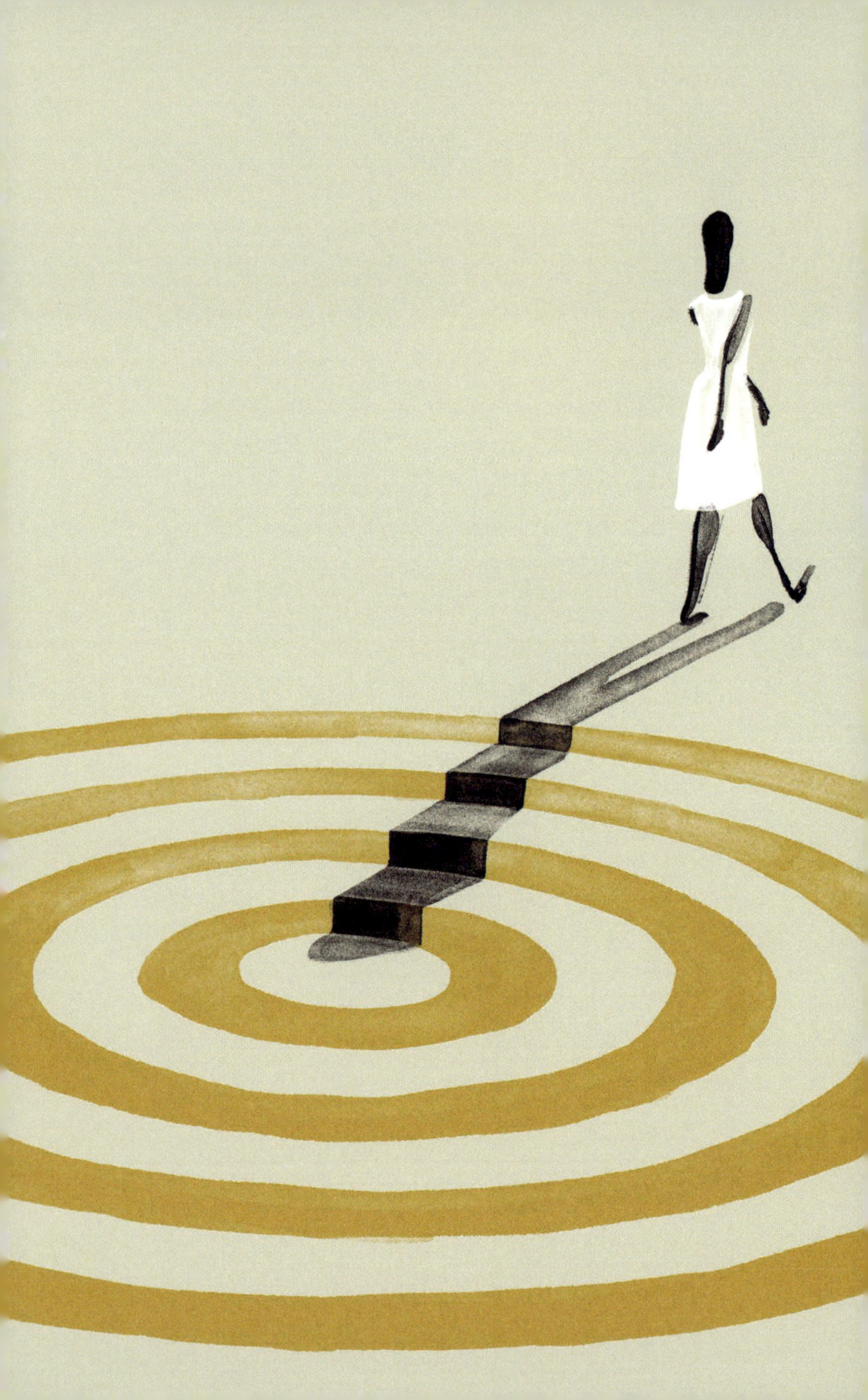

C'est en oubliant les règles de la voie de l'archer que l'archer apprend, et qu'il peut alors agir sur la base de son seul instinct. Cependant, pour pouvoir oublier les règles, il faut les connaître et savoir les respecter.

Lorsqu'il atteint ce stade, il n'a plus besoin des outils qui étaient nécessaires à son apprentissage.

Il n'a plus besoin ni de son arc, ni de ses flèches, ni de sa cible – car la voie est plus importante que les raisons qui l'ont conduit à s'y engager.

Il se produit la même chose avec l'élève qui apprend à lire : le moment arrive où il se libère des lettres isolées et où il se met à les utiliser pour créer des mots avec elles.

Toutefois, si les mots étaient collés les uns aux autres, ils n'auraient pas de sens, ou la compréhension en serait difficile : il faut qu'il y ait des espaces entre les mots.

Il faut qu'entre une action et une autre l'archer se souvienne de tout ce qu'il a fait, qu'il discute avec ses alliés, qu'il se repose et soit content d'être en vie.

La voie de l'archer est la voie de la joie et de l'enthousiasme, de la perfection et de l'erreur, de la technique et de l'instinct.

Mais tu ne l'apprendras qu'à force de décocher tes flèches.

Épilogue

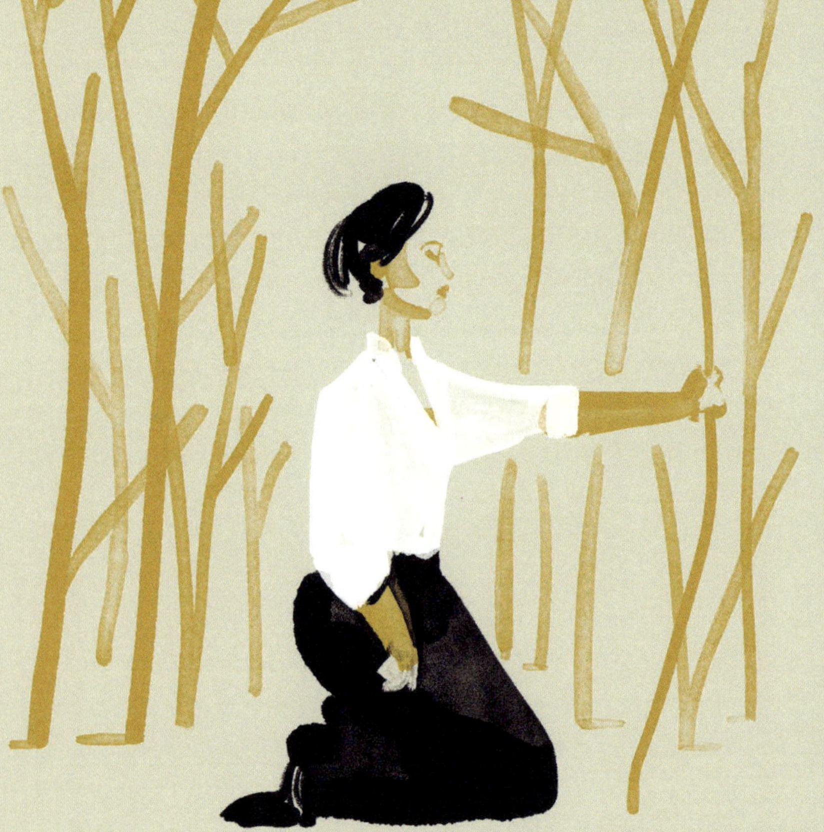

Lorsque Tetsuya se tut, ils étaient déjà à la porte de son atelier.

« Merci pour ta compagnie », dit-il au garçon.

Mais celui-ci ne bougea pas d'un pouce.

« Comment puis-je savoir que j'agis comme il faut ? Comment être sûr d'avoir le regard concentré, la posture élégante, l'arc bien en main, comme il faut ?

— Visualise un maître parfait toujours à tes côtés, et fais tout pour lui rendre hommage et honorer ses enseignements. Ce maître, que beaucoup appellent Dieu, quand d'autres préfèrent évoquer "quelque chose", que d'autres encore prennent pour du talent, est toujours là, à garder un œil sur nous. Il mérite le meilleur.

« N'oublie jamais tes alliés : tu dois les soutenir, car ils t'aideront aussi quand tu en auras besoin. Efforce-toi de développer le don de la bonté : ce don te permet d'être toujours en paix avec ton cœur.

« Mais surtout souviens-toi : ces paroles que je t'ai dites sont peut-être des paroles inspirées, mais elles n'auront un sens que si tu les mets en pratique. »

Tetsuya tendit la main pour prendre congé, mais le garçon ajouta :

« Juste une dernière question : comment avez-vous appris à tirer ? »

Tetsuya réfléchit un instant : était-ce bien la peine de lui raconter ? Mais ce jour avait été spécial, et il finit par ouvrir la porte de son atelier.

« Je vais préparer du thé et te raconter mon histoire – mais tu dois me faire la même promesse que l'étranger : ne jamais parler à personne de mon savoir-faire. »

Il entra, alluma la lumière, réenroula son arc dans la longue lanière de cuir et le rangea dans un endroit discret : si quelqu'un le trouvait par hasard, il penserait que ce n'est qu'un morceau de bambou tordu. Il se rendit à la cuisine, prépara le thé, puis s'assit avec le jeune homme et commença son récit.

« Je travaillais pour un grand seigneur des environs : j'étais chargé de veiller sur son bétail. Mais comme il était très souvent en voyage et que j'avais énormément de temps libre, j'ai décidé de me consacrer à ce qui était à mes yeux les seules vraies raisons de vivre : l'alcool et les femmes.

« Un beau jour, après plusieurs nuits blanches, j'ai eu un vertige et suis tombé au milieu d'un champ. J'ai cru que j'allais mourir et me suis laissé aller. Mais un homme que je n'avais jamais vu est passé sur la route, m'a secouru et emmené chez lui – dans un lieu très éloigné d'ici. Il a pris soin de moi pendant les mois suivants. Tandis que je me reposais, je le voyais tous les matins partir dans la campagne avec son arc et ses flèches.

«Une fois rétabli, je lui ai demandé de m'enseigner l'art du tir à l'arc – je trouvais cela bien plus intéressant que de s'occuper des chevaux. Il m'a dit, cependant, que la mort m'avait frôlé de près et que je ne pouvais désormais plus la faire reculer : elle était à deux pas de moi, j'avais causé bien trop de dégâts à mon corps.

«Si je voulais apprendre, c'était juste pour que la mort ne me frappe pas.

«En effet, il m'a raconté qu'un homme d'un pays lointain, de l'autre côté de l'océan, lui avait appris qu'il était possible de dévier pour quelque temps le chemin menant au précipice de la mort. Mais dans mon cas, et pour le restant de mes jours, je devais avoir conscience que je cheminais au bord de l'abîme, et que je pouvais y tomber à tout moment.

«Il m'a alors enseigné la voie de l'archer. Il m'a présenté ses alliés, m'a obligé à participer à des compétitions, et ma réputation s'est très vite propagée à travers le pays. Quand il a vu que j'en savais assez, il m'a retiré mes flèches et ma cible, me laissant mon arc pour seul souvenir. Il m'a conseillé de mettre à profit tous ces enseignements pour faire quelque chose qui me remplirait vraiment d'enthousiasme.

« Je lui ai dit que ce que j'aimais par-dessus tout c'était travailler le bois. Il m'a béni, m'a demandé de partir et de me consacrer à ce que j'aimais faire, avant que ma réputation d'archer ne finisse par me détruire, ou ne me ramène à mon ancienne vie.

« Depuis, je mène une lutte de chaque instant contre mes vices et contre l'apitoiement sur moi-même. Je dois rester concentré, garder mon calme, faire avec amour le travail que j'ai choisi, et ne jamais m'attacher au moment présent. Car la mort continue de rôder tout près, l'abîme est proche, et je chemine tout au bord. »

Tetsuya préféra ne pas ajouter que la mort rôde toujours autour de chaque être vivant : le garçon était encore très jeune, et il était inutile de lui mettre cette idée en tête.

Tetsuya ne précisa pas non plus que chaque étape de la voie de l'archer est présente dans chaque activité humaine.

Il se contenta de bénir le garçon, de la même façon qu'il avait été béni de longues années auparavant, puis il lui demanda de partir, car la journée avait été longue et il avait besoin de dormir.

Remerciements

À Eugen Herrigel, pour le livre *Le Zen dans l'art chevaleresque du tir à l'arc*, éditions Dervy, 2016.

À Pamela Hartigan, directrice générale de la Schwab Foundation for Social Entrepreneurship, pour avoir décrit les qualités des alliés.

À Dan et Jackie DeProspero pour leur livre sur Onuma-san, *Kyudo : l'essence et la pratique du tir à l'arc japonais*, trad. Philippe Reymond, éditions Budo.

À Carlos Castaneda, pour sa description de la rencontre de la mort avec le *nagual* Elias.

Table des matières

Prologue	17
Les alliés	31
L'arc	45
La flèche	51
La cible	57
La posture	67
Comment tenir la flèche	75
Comment tenir l'arc	83
Comment tendre la corde	89
Comment observer la cible	97
Le moment de tirer	105
La répétition	113
Comment observer le vol de la flèche	123
L'archer sans arc, sans flèche, sans cible	133
Épilogue	141
Remerciements	149

Achevé d'imprimer en septembre 2019
sur les presses d'Indice, Barcelone, Espagne
N° d'édition : L.01ELHN000454.N001
Dépôt légal : octobre 2019